岁华一枝：京都读书散记

苏枕书 著

中华书局

图书在版编目（CIP）数据

岁华一枝：京都读书散记 / 苏枕书著．—北京：中华书局，
2019.8

ISBN 978-7-101-13974-7

Ⅰ.①岁… Ⅱ.①苏… Ⅲ.①随笔－作品集－中国－当代 Ⅳ.
① I267.1

中国版本图书馆 CIP 数据核字 (2019) 第 148315 号

书 名	岁华一枝：京都读书散记	
著 者	苏枕书	
责任编辑	李世文 马 燕	
出版发行	中华书局	
	（北京市丰台区太平桥西里 38 号 100073）	
	http://www.zhbc.com.cn	
	E-mail:zhbc@zhbc.com.cn	
印 刷	北京图文天地制版印刷有限公司	
版 次	2019 年 8 月北京第 1 版	
	2019 年 8 月北京第 1 次印刷	
规 格	开本 /880×1230 毫米 1/32	
	印张 9 字数 180 千字	
印 数	1-10000 册	
国际书号	ISBN 978-7-101-13974-7	
定 价	69.00 元	

目　录

序

辛德勇

　　枕书的《岁华一枝》付印在即，让我写几句话，一并印行，这让我很是惶恐。因为不管是相关的知识，还是文采，我写的东西，都不能与之相副。不过很长一段时间以来，我读枕书的文章，看枕书读书、求学、做事，既羡慕她的文字，又敬佩她的学养，特别是十分认同她看人、看世界的眼光和态度，所以也就勉为其难，随便谈谈自己的一些想法。

　　旅日求学多年，枕书写了很多在日本的生活，写出了自己身在异乡的认知、体味和感悟，这部集子里面收录的文章，也是这样。与以往那些居日文稿稍许有些不同的是，讲读书，直接讲书籍史的内容更多了一些，笔调也更厚重一些。学术的气息，扑面而来；学识的深度和厚度，也都展卷可知。尽管如此，看枕书的文笔，仍感觉她是在捧着一盏香茗，向读者娓娓道来，轻柔而又温婉，绝不会像我写东西那样横眉竖目，剑拔弩张。

　　文如其人，更如其心。枕书看中国的眼光，是这样；看日本，也是这样；看人看世界，都是这样。同样的柔和而善良，同样那么敏感，体察入微。

在这个狭小的世界上，我们每一个人，不管喜欢不喜欢，愿意不愿意，总是生长在一个特定的国度里。这是没办法的事儿。当一个人离开自己出生和少时生活的地方来到另一块国土，感受、观察并且再以自己故乡通用的文字来写录、抒发些什么的时候，你就不由自主地成为一个中间人，是在把一方的文化，传递给另一方。我读枕书这些年写的一本本书，感觉最强的，就是这一点。

同处于东亚的中日两国，文化交流，历史绵长，相互之间，有着积极而又深重的影响。但由于种种原因，很长一段时间以来，两国民众彼此之间的认知，出现了很严重的隔膜，甚至日渐疏远，这对亚洲乃至世界的和平与繁荣都是严重的障碍，并潜藏着巨大的危险。在这种情况下，知识界、文化界有责任努力扩大双方的沟通，增进相互理解，而就目前的实际情况来看，中国大陆的学人，在这方面显然应该做出更多的努力。

从总体上来说，中国对日本了解的匮乏，认识的粗疏，从近代以来蜂拥而起成批赴日留学时起，一直就是这么个样子。在这当中，不是没有人能够以一种平静的心态来悉心观察日本，理解日本，甚至有一些人深深地爱上了日本和日本文化，但由于当时世界范围内的殖民主义背景，特别是接下来的日军侵华，一些复杂的历史和文化因素，使得中国民众对日本和日本文化的认识进程，变得多梗多阻，蹇踬不前，其间掺入诸多其他的因素。

不管从政治和文化上怎样看待日本，近代以来经济大幅度落后于日本的实际情况，实际上使得很多中国人对日本的富庶，是艳羡满满的，是仰而视之的。通观前前后后的发展和变化，不能不说，这种心态，带有诸多粗鄙庸俗的"势利"色彩。眼孔直对着钱孔，自与认识日本、了解日本毫无干系。

近二十多年来，随着中国经济困窘状况的改善，伴随着中国快速走向世界的步伐，本来应该静下心来，好好看看包括日本在内的整个世界，积极地感受和吸收异国文化，可令人遗憾的是，实际情形，恰好相反，对日本尤甚。

稍微了解一点儿中国古代历史的人都知道，所谓中华文化，就是在不断吸收外来文化乃至融合外来人种的过程中逐渐成长起来的。与近代以来世界主流国家在工业文明主导下的历史性进步相比，中国的落伍，警醒人们必须深刻反思其民族性和本土文化的阙失与弊病。可对于中国这个古老的国度来说，时至今日，所谓睁眼看世界，还不过是睁一眼闭一眼而已；更不用说，世界真奇妙，内涵丰且饶，即使是瞪大双眼，也还需要一个漫长细致的过程，需要日积月累，一点一滴地去品味，去体验，才能更好地从异国文化中吸收有益的营养，滋润自己，疗养自己，让身心不再那么贫乏，减少一些病态。

日本自古以来不断出现的飞跃式发展，不是偶然的，与这个民族的文化息息相关。其间缘由，引人深思。日本文化本身的丰富性和精致性，使得我们看待日本，不仅需要睁开双眼，还需要有一双慧眼，才能如佛家所说，无见无不见，看到一个真实的日本。

枕书笔下的日本风土人情，包括她谈学术文化，总是那么轻缓，那么娴雅。这首先是由于她对日本的感受是细腻的，透彻的，是自然而然地沁入肌肤的，因而能透过一些看似零散细琐的片段在不经意间传递出日本文化微妙的神髓。她没有告诉给读者什么特别的理念，只是轻声细语地讲述了对日本的美好感受。读枕书这些文稿，就像在跟着她的慧眼看东洋。

2019 年 3 月 23 日

北白川畔的《小北京人》

　　据说京大本科生二外选修汉语者逾半，多延聘中国籍老师授课，教基础对话和语法，课程两年。考试也不太难，毕竟比起欧洲或中亚的语言，还是汉字更亲切。但这并不能满足研究生院中国文史专业学生的要求。研究分野在近世以前的也罢，他们解读古典文献的功夫都很深。若研究近代，就不得不费心掌握现代汉语。老师们也感叹日本学生汉语水平今不如昔。曾受业于邓广铭先生门下的木田知生老师一口标准流利的普通话，开一门宋代文献学的课程，全用汉语教学。本科学生听得云里雾里，很快仅剩两位中国留学生。木田老师道："惭愧，日本学生还是懒，学习汉语的热情不如从前。"想起仓石武四郎曾回忆在北大旁听马裕藻先生的古音学课程，某日大雨，听讲者只有他与吉川幸次郎二人。马先生十分尴尬："中国学生都很懒……"两相对照，颇可感慨。

　　日人阅读汉文典籍素用汉文训读法，即保留汉文原样，加日文助词、倒装符号，按日语语序解读。此法在平安时代已出现，之后不同时期皆有不同流派的解释。到江户时代，《水浒传》等白话小说传入日本，对惯习古汉语的日人而言相当难懂。渐渐，也开始有读书人意识到学习白话汉文的必要。江户中期的儒者雨森芳洲曾言：

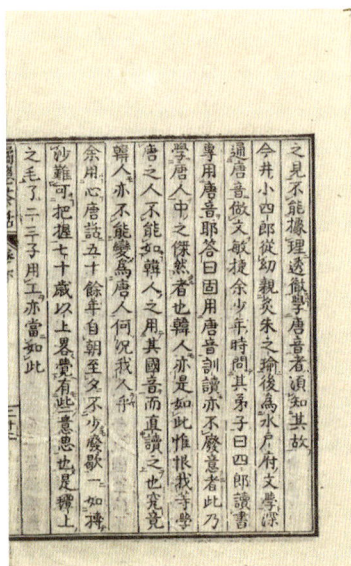

《橘窗茶话》之学唐语

"余用心唐话五十余年，自朝至夕，不少废歇，一如抟沙，难可把握。七十岁以上，略觉有些意思也。"（《橘窗茶话》卷下，天明六年刊本）足见当时日人学习汉语之难。而在江户时期朝鲜通信使的记录中，也常见对日人汉文水平的消极评价，认为和文文法、音韵与汉文全不同，故而日人不会作诗，汉文幼稚云云。譬如曾担任1719年第九次朝鲜通信使制述官的申维翰就在《海游录》中说道：

> 其为字音，又无清浊高低。欲学诗者，先以三韵，积年用功，能辨某字高，某字低，苟合成章。其为读书，不解倒结先后之法，逐字辛苦，上下其指，然后仅通其意。如"马上逢寒食"，则读逢字于寒食之下。"忽见陌头杨柳色"，则

读见字于杨柳色之后。文字之难于学习，又如此。虽有高才达识之人，用力之勤苦，视我国当为百倍。

雨森芳洲曾接待申维翰，向他讲述日本人学汉文之艰辛，并请他不要嘲笑：

> 日本人学为文者，与贵国悬殊，用力甚勤，成就极难。公今自此至江都，沿路所接引许多诗文，必皆拙朴可笑之言。而彼其千辛万苦，艰得而仅有之词也，须勿唾弃。

日本真正的汉语教育是从明治初年开始，但除了部分对中国怀有情感的文人学者之外，汉语学习能成为日本的潮流，实出于进取大陆之必要。明治维新后，日本国内大开欧美语言学教育科，极重英德法三语。虽也开汉语课，但与学问无大关系，更重实用。涩泽荣一就曾设韩清语学校，专供想去朝鲜、中国谋生的下层民众学习基本用语。可以说直到战败，日本的汉语教学，总难离实用的窠臼。

学者仓石武四郎自小习汉文，在第一高等学校读书时，曾与留日教育家范寿康交好。他曾买了本标注假名的汉语小册子，请范教他。范勉强同意，追问之下称自己并无教他的资格，因为家在浙江上虞，那里的方言与北京话有很大不同。自己从未去过北京，也不会讲北京话，仓石便也不好勉强。日后他留学北京，深刻体会到江浙出身的老师们语言之难懂，而他那时已能讲很漂亮的北京话。大正七年（1918），仓石考上东大支那文学科后，科里设有汉语课。

他那一届共四位学生，别人谁也不去上汉语课。于是就他一人，跟着一位任教于陆军大学的生员张廷彦学了两年的汉语。

从东大本科毕业后，因为倾慕狩野直喜的学问，仓石来到京大继续读书。1928 年，刚升任京大助教授的仓石获文部省资助赴北京留学。他与吉川幸次郎同跟一位叫奚待园的旗人老师精读《红楼梦》，同穿马褂长衫，同住四合院，逛琉璃厂，四处听课，交游极广，这都是早已为人熟知的佳话。其时，北京很多教汉语的老师都是旗人，一来日本学者以他们的汉语为正宗；二来民国以降，旗人失去原有的旗米等收入，就业普遍困难，家计维艰。到 1930 年回国时，仓石的汉语已大有进步。当时他取道上海，拜访了恰也在上海的胡适，甚至模仿了一句上海话，得到了胡适的表扬："汉语说得好多了嘛。"（仓石武四郎《中国语五十年》，岩波新书，1973 年）

1930 年代，正是京都学派中国学蓬勃发展之际，而日本市面尚无特别理想的汉语教材，优秀的汉语老师也非常紧缺。但京大并无招聘专任外教的预算，仓石遂求助新开设的东方文化学院京都研究所的所长狩野直喜。1932 年春，仓石以研究所的名义，延请在北京留学时就交好的傅芸子来京都教汉语，所属在京大文学部支那语学专业，身份是非常勤讲师，费用由研究所支出（《京都大学文学部五十年史》）。桥川时雄在《赠傅芸子之西京讲学》中有句诗云："驾言瀛岛问芳辰，桃李棠槐一样春。儒术西京存硕彦，为言处士尚安贫。""硕彦"下注云："谓士桓、善之两公。"（《东华》第四十七集）士桓、善之分别是仓石与吉川的字。傅芸子曾作《洛东随笔》（《天津半月刊》1933 年第五期），开篇叙述初到京都的情形与心境：

昨年之春，余应日本京都帝国大学文学部之聘，东渡教书（讲学吾不敢称，依教育界之常言"教书"可也）。卜居吉田山麓，内子慧均，次女莹共来焉。和风居室，得少佳趣。今春复独来京都，迁居洛东 Apartment，已为近代式新建筑，无复纸窗木室，席地盘坐之趣；然壁窗轩敞，正对大文字山，爽气迎人，景亦复佳。侵晨野鸟嘤嘤，恍入山林。向夕西眺，爱宕岚山诸峰，蔚然耸秀，映以半天朱霞，均成紫色，"山紫水明"（彼国诗人赖山阳赞美京都之词），洵非虚誉。京都山水幽秀，花木明靓，春日祇园，岚山之樱，秋季高雄，清水之枫，或灿如堆雪，或艳如火烧。他若加茂河畔，夕凉闲步；岚峡清流，一棹悠然。景物之妙，实为三岛之冠。又况京都为彼邦千年古都，神社佛阁，名园故宅，尤富美术遗品。民间习俗，唐宋旧风，间亦有存者。余教授之暇，颇喜游览，采风问俗，亦多兴趣。

在京都大学中国学学者创办的杂志《支那学》的"学界杂报"栏目，也介绍了延聘傅芸子的消息：

据京大文学部及东方文化学院京都研究所协议之结果，为鼓励更进一步练习支那语，特招聘熟习北京官话的支那人教师一名。四月一日以来，北京的傅芸子来日，同氏生于满洲贵族之家，成长于北京，曾修学于蒙藏学院，长期担任北京《京报》记者，素有声名。笃好文学，博通北京旧闻，精

傅芸子（1931 年）

于戏曲、小说。特别爱好昆曲，曾自组吹歠社，是富有经验的风雅之士。就任以来，在大学及研究所担当北京官话、经书的音读、《红楼梦》等小说的讲义。四月中旬，曾为文学科学生演讲《中国戏曲界的新趋势》。

傅芸子的这篇演讲初刊于《支那学》，不久也发表在国内的《戏剧丛刊》第三期（1932 年 12 月）。也是在这年，商务印书馆刚刚出版了教育部国语统一筹备委员会编写的《国音常用字汇》。仓石与吉川每周都会找傅芸子对比、确定每个字的读音，可惜未能坚持做完。傅芸子与师生们相处颇善，年轻的日本学生一时掀起了现代汉语的学习热潮。他们还组织了"苕岑会"，相当活跃（仓石武四郎《中国语五十年》)。当时的东方文化研究所，即今之京大人文研，比邻北白川，傅芸子也住在那附近。日后回忆，称"最爱北白川一带景物的静美，背临比叡山大文字山，清流映带，林木蔚然深秀，而春花秋月，风雨晦明变化，又各有各的胜处"(《白川集》)。

1938年到1940年，仓石经弘文堂书房出版了三种汉语教材：《支那语语法篇》、《支那语翻译篇》、《支那语法入门》。同时起草大纲，请傅芸子编写了一册《支那语会话篇》，亦由弘文堂刊行。仓石序言中道：

> 想来先生来任京都，已阅六年有余之星霜……其中有关北京风土名胜等各章，实乃先生来任京都之前尤所致力的北京掌故研究之结晶，故而本篇之精彩，正在于兹。

点明此书内容的特长正是傅芸子赴京都之前便最为用心的旧京掌故方面，并强调此书于实际会话的意义：

> 由来国人居住、游历北京者甚众，而会讲汉语者大多缺乏文字素养，有文字素养者又不通汉语，需要翻译，或仅靠笔谈。然翻译多不能言学术之事；至于笔谈，则多流于形式，无论如何都难于活泼传达思想。何况语音之流丽，入耳之愉悦，本就不该放弃不顾。这无异于自甘又哑又聋。

傅芸子凡例中称，此书是为完成仓石武四郎所提出的"使支

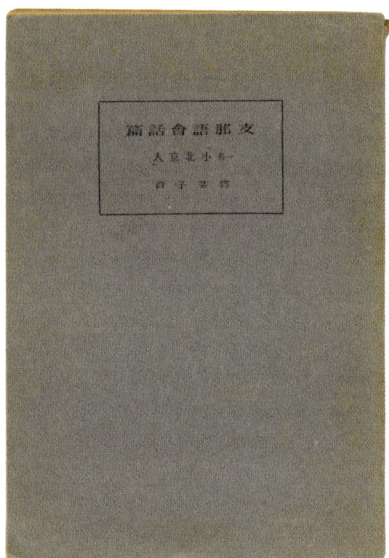

《小北京人》书影

那语从商业用语回归文化语言，而完成支那语学"的理想。体例
仿法国的《小巴黎人》(*Le Petit Parisien*，Richard Kron 所
著关于法语基本对话的小册)、英国的《小伦敦人》(*The Little
Londoner*，Richard Kron 所著关于英语基本对话的小册)、德国
的《小德国人》(*Kleine Deutsche*，Richard Kron 所著关于德语
基本对话的小册)，故又名《小北京人》。全书共四十八课，从"下
船晋京"、"投宿旅馆"开始，讲旅居北京者日常生活所需用语，到
参观访问游览娱乐，再到北京名胜古迹寺观台阁之概述，间以四季
景物、三节风俗，以"辞行返国"为终，末附北京内外城地图。其
中第十九、二十二、二十三、二十九四课为吉川幸次郎撰写，有关

在中国参观图书馆、参观大学、访问学人、与旧书店主人对话，应该是吉川为照顾去中国访学的日本学者特地编写的课文。全书上方皆附日文释义，为仓石武四郎所注。此书编印校勘、内文配图，也都由仓石完成，是一部情节完整、掌故精熟、文辞隽永的作品，完全可当旧京风物的小集子阅读，意趣颇似《春明鳞爪录》、《春明杂记》等书。且对话内容温和典雅，恍闻故国之音，兹举数例如下。

譬如第四课《春季景物》中讲花儿的一段：

（客）一晃儿又到春天了。这两天天气很暖和，您没上公园么。

（主）我上礼拜去了，桃花已经开败了，刺梅刚开，丁香、榆叶梅都开了。

（客）您书房前面的两棵海棠，开的真好，总有几十年了罢。

（主）倒有六七十年龄，还算不了甚么。要说起海棠来，从前得让极乐寺的，李越缦很有诗称赏它。近年得让恭王府萃锦园的海棠。舍下这两棵海棠，一比起来，真是小巫见大巫了。

（客）请问丁香属那儿有名。

（主）那自然得让法源寺的了。那庙里有三四百棵丁香，最老的还有明朝的呢。开的时候有人叫它作香雪海，花的繁盛，可想而知了。

（客）可惜这两种花敝国不很多，我很喜爱它的。

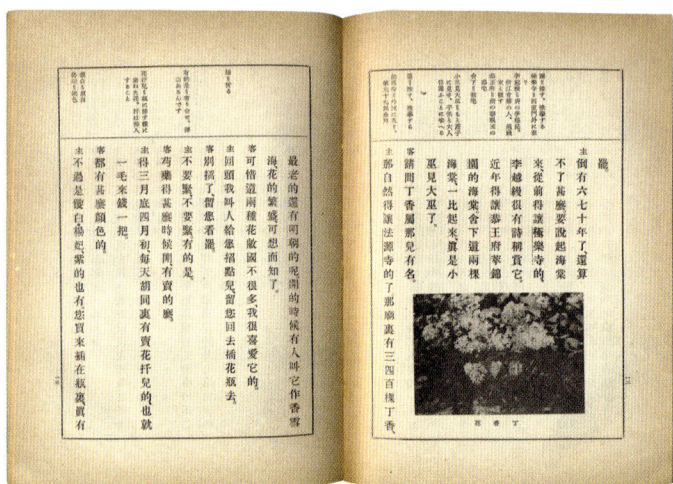

《小北京人》之《春季景物》

（主）回头我叫人给您掐点儿，留您回去插花瓶去。

（客）别掐了，留您看罢。

（主）不要紧，不要紧。有的是。

（客）芍药得甚么时候开，有卖的么。

（主）得三月底四月初，每天胡同里有卖花扦儿的，也就一毛来钱一把。

（客）都有甚么颜色的。

（主）不过是傻白、杨妃，紫的也有。您买来插在瓶里，真有春色如海的样子。

（客）现在应节的食品是甚么。

（主）果子这时候还没有甚么，桃杏还没大熟哪。过些天樱桃下来，您尝罢，实在甜美可吃。

（客）那么点心呢。

（主）现在最应时的是玫瑰饼跟藤萝饼，这点心的馅是用这两种鲜花瓣作的，所以很鲜美，是北京特有的点心。您不可以不尝尝啊。

十分喜欢这段。我也如傅芸子一样客居京都，到了春天会想念北京的花卉。玫瑰饼如今很容易买到，藤萝饼似不易得。因此有一年忍不住在夜里进山，悄悄采了紫藤花串，回家拿蜜糖腌渍。又从面粉开始，做成几只不算美味的紫藤花馅饼，极大抚慰了客心。

再看第十五课《三节丛话》（一）中，有两句很有意思：

（客）那么有粽子么。

（主）有粽子，可是跟贵国的不一样，中国现在都是三角形的。

日本端午节也有食粽的习惯，只是多为细长锥形，内容多为糯米粉、红豆等物。而在遥远的山形县庄内地区，有一种粽子却与日本常见的不同，非常接近中国的三角形，又叫作"笹卷"，以笹竹叶包裹糯米，蘸黄豆粉或红糖汁食用。而我直至 2018 年春天，才第一次在石川祯浩老师那里吃到这种粽子，说是老师的母亲从故乡寄来。据说日本一些僻远的乡间，常有这种形状的粽子。这篇课文还有一句讲端午节时演的戏目：

（主）从前北京的戏班子没到端节就开始演唱《混元盒》，连演八天。这戏是演明代张天师捉拿五毒的故事，取材于小说《五毒传》。可惜现在不全演，您不能看了。

《混元盒》是过去端午时常演的连台本戏，也是清代宫廷端午时上演的节令戏。《红楼梦》第五十四回，荣国府元宵开夜宴，贾母在大花厅摆酒，定一班小戏。戏演到《八义》中《观灯》八出，宝玉离席，媳妇们带着贾母给鸳鸯（姓金）与袭人（姓花）的赏钱来，称"是老太太赏金、花二位姑娘吃的"。秋纹笑道："外头唱的是《八义》，没唱《混元盒》，那里又跑出金花娘娘来了。"金花娘娘是《混元盒》里的水神，秋纹这一噱很可爱，也足见《混元盒》是往昔人们耳熟能详的剧目。傅芸子精通旧京掌故，与弟弟傅惜华皆对传统戏曲深有研究，在教材中加入这一节，很能显出他的本色。

时序更迭，十六课便讲《夏季景物》，当中有一段：

（客）请问北京夏天的"清凉饮料"属甚么好。

（主）还是酸梅汤罢。这是用酸梅煮了汤，然后搁上白糖、玫瑰、木樨，用冰一镇，凉的扎牙。

（客）那儿有卖的。

（主）到夏天干果子铺跟果局子都有，可是最出名的是琉璃厂的信远斋。

（客）夏天您不到那儿避暑去么。

（主）前几年我总上北戴河或者西山八大处住些天去，

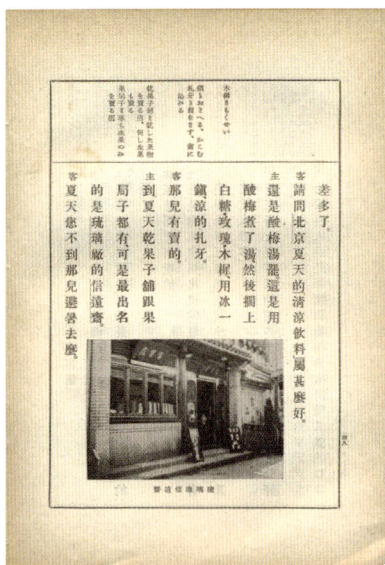

《小北京人》之《夏季景物》

近年懒得上远处去了。有时候晚饭后没事，上中央公园，同几个朋友在长美轩，喝茶纳凉，也还有趣，不过太热闹了，还不如在家里天棚底下藤椅子上一坐。倒觉着舒服哪。

（客）您这个消夏的方法倒不错，可惜不是我们客居人所能办到的。

（主）实在是。您一个人呀，晚上还是上公园找个清静的茶座一喝茶，比较有意思啊。

第十九课《图书馆中》，是关于参观北平图书馆的对话。1920年代末以来，到北京参观、留学的日本师生，几乎都会拜访这里。自从傅芸子受聘京大以后，对来自京大的师生更是多有照顾。譬如

1934 年 8 月 24 日至 10 月 2 日之间，塚本善隆、能田忠亮、小川茂树、长广敏雄、森鹿三曾至华北考察，住在北平人文科学研究所的宿舍。当时傅芸子刚好在北平过暑假，与桥川时雄一起，对来自京都的五位学者关照极多。一起参观了故宫博物院、国立北平图书馆、清华大学、燕京大学等等，见到了江瀚、傅增湘、杨树达、钱稻孙、孙人和、赵万里、伦明等多位学者。由以下对话，大概可以推想其时情形：

（客）藏书的大概情形，也想请教请教。

（馆员）有四大宗。头一项是宋元版的书，大多数是前清内阁大库的东西，孤本很多。第二项是各省的府县志，也是由大库来的。第三项是四库全书，本来在热河行宫文津阁，民国初年归了敝馆。第四项就是敦煌卷子。现在咱们先到四库书库去好不好。

第二十三课《访问学人》相当实用：

（客）近来研究些甚么哪。

（主）近几年对于中国近代经济史方面稍微用点儿功。

（客）著作很不少了罢。

（主）最近倒没写甚么，前些年在各学报里发表过几篇东西，现在把抽印本奉送您，多请指教。

之后主人又问客人日本图书馆所存明代经济史材料的情况，客人的答案对中国学者也有参考价值：

经济史我是外行，至于一般明人书，收藏之多，当首推内阁文库，其次就是前田侯爵的尊经阁文库，其余宫内省图书寮、静嘉堂、东洋文库等等，也都可观。

第二十四课《厂肆访书》亦极生动有趣：

（主）这部《潇碧堂集》带续集，白纸，个头儿宽大，并且有封面，您留这部罢。

《小北京人》之《厂肆访书》

（客）多少钱。

（主）五十块钱，优待您，还按书目上的八折算，四十元。

（客）贵点，而且里头有水湿。

（主）水湿不算甚么大毛病，还有一部竹纸的，有点虫吃，便宜，九块钱。

（客）我不要那个。

（主）您还是拿这部罢，老主顾，少算点可以。

（客）那么我给你三十五元罢。

（主）您带去罢。

往来交涉之情，历历如在目前。参考这些对话，对近代以来日本学者在北京的访书记的"现场"印象也更明晰。

书中还附有数十张北京风景照片，为平冈武夫、长泽规矩也、藤枝晃等学者在中国旅行、访学时所拍。正文上方附有仓石的简短解说，如"东西两庙，即隆福寺与护国寺"之类。

据《支那学》记载，1938年傅芸子开设了《唐诗别裁集》和《西厢记》的讲读课，仓石则讲授《红楼梦》与《史记》。1939年傅芸子讲读《词选》与《元曲》，以及汉语会话实习。此外还讲授《长生殿》、《胡适词选》等科目，极大推进了京大中国学专业的现代汉语教学。之后到1941年，一直有汉语实习课，所用教材应该有这本《小北京人》。在1979年人文研编纂的《人文科学研究所五十年》小册中，有这样一段文字纪念傅芸子的功绩：

1932 年 3 月，为应答所员有关"文艺、语言、风俗及清朝掌故等"的提问，遂自北京招请傅芸子氏，此后十年间，为所员研习中国语作出贡献。研习分作几个班，对有必要学习入门汉语的人，则从发音开始教授基础知识。此外，对应每个人的要求，开展以小说为中心的讲读课程。一周约有十小时课，同时，傅氏还担任京大文学部的中国语教师，应该是非常辛苦的工作。1942 年，他辞退讲师之职归国，应该也是为太平洋战争爆发所迫的缘故。傅氏于戏曲造诣深厚，在京都期间，曾于《东方学报》发表数篇相关论文，并著有《正仓院考古记》、随笔集《白川集》。除了傅氏的北京话研习课之外，1935 年还开设广东话研习课，1937 年开有苏州话讲习会。虽是极短的时间，但也分别招聘了讲师授课。

在京都期间，傅芸子与国内学者依然保持密切的往来。譬如 1940 年，周作人就曾托他购买三种书籍：《舜水文集》、安积澹泊著《澹泊斋文集》、安东守约著《省庵文集》。傅芸子遂请吉川幸次郎帮忙，吉川便立刻联系了相熟的竹苞楼。或许是战时物资缺乏的缘故，这三种店里都没有，但有朱舜水的《阳九述略》，安积的《湖亭涉笔》、《澹泊史论》、《新安手简》，以及安东的《三忠传》。傅芸子将书讯覆信周作人，结果除了《三忠传》之外，周作人将剩下的几种全部买下。而不久之后，周氏便写了《关于朱舜水》（《中国文艺》第三卷第一号，1940 年 9 月）一文，其中提到《阳九述略》，剖析明朝灭亡的原因，"自具深识"。这便是从竹苞楼买到的那本么？

《白川集》书影　　　　　　　　长尾雨山为《正仓院考古记》题签

　　1942 年，傅芸子回到北京，担任北京图书馆编目部主任。六年后的 1948 年 10 月，傅芸子患肋膜炎，又转为心脏病，于是年 11 月 10 日凌晨辞世（感谢友人宋君希於提供《华北日报》1948 年 11 月 26 日傅芸子纪念专号扫描件，此条据该版所载傅惜华《傅芸子俗文学论著要目》[上] 增补）。他最出名的著作，是《正仓院考古记》与《白川集》。

　　《小北京人》中所云"伙计"、"香云纱"、"白洋布"、"老爷"、"丧礼"等语汇，俱为前朝旧事，在战后日本的汉语教学中已不合时宜。

　　因此，1953 年，仓石出版《拉丁化新文字的中国语初级教材》；1958 年，出版《罗马字中国语初级》；1963 年，出版《岩波中国语辞典》。单是教材的变迁，也足以反映学问好尚及时代风气的转变。

　　若干年前，我与师兄每周日晚会交替为同研究室的日本学生讲三小时汉语。一直没有找到合适的教材，许多选文都不堪卒读，缺乏醇美的格调、高雅的情趣，只好找前人的经典篇章。偶在旧书店邂逅这册《小北京人》，难免想，当年在北白川畔聆听他讲课的学生们，实在很幸福。

2014 年 4 月 10 日初稿

2019 年 1 月 18 日改定

西风吹绽碧蝉花

　　夏秋之间，山野道旁常见鸭跖草惹人怜惜的碧蓝小花。花名最早似见于唐人陈藏器撰《本草拾遗·草部》卷第三的记载："鸭跖草，味苦，大寒，无毒。主寒热瘴疟，痰饮，丁肿，肉症滞涩，小儿丹毒，发热狂痫，大腹痞满，省面气肿，热痢，蛇犬咬，痈疽等毒。和赤小豆煮食，下水气湿痹，利小便。生江东、淮南平地，叶如竹，高一二尺，花深碧，有角如鸟嘴。北人呼为鸡舌草，亦名鼻斫草。吴人呼为跖，跖斫声相近也。一名碧竹子，花好为色。"此段后多见诸书转引。

　　《本草纲目》卷十六云："（《本草拾遗》曰）生江东、淮南平地，叶如竹，高一二尺，花深碧，好为色。有角如鸟嘴。时珍曰，竹叶菜，处处平地有之，三、四月生苗，紫茎竹叶，嫩时可食。四、五月开花，如蛾形，两叶如翅，碧色可爱。结角尖曲如鸟喙，实在角中，大如小豆，豆中有细子，灰黑而皱，状如蚕屎。巧匠采其花，取汁作画色及彩羊皮灯，青碧如黛也。"李时珍补充的这段说明细致准确，亦多见他书引用，教人想起董嗣杲《碧蝉儿花》里的句子："翠蛾遗种吐纤蕤，不逐西风曳别枝。翅翅展青无体势，心心埋白有须眉。偎篱冷吐根苗处，傍路凉资雨露时。分外一般天水色，此方独许染家知。"

在《救荒本草》里，这是一种可以食用的野蔬："竹节菜，一名翠蝴蝶，又名翠娥眉，又名笪竹花，一名倭青草。南北皆有，今新郑县山野中亦有之。叶似竹叶，微宽。茎淡红色，就地丛生，撺节似初生嫩苇节。稍叶间开翠碧花，状类蝴蝶。其叶味甜。救饥：采嫩苗叶煠熟，油盐调食。"徐光启注云："南方名淡竹叶，尝过。"此条亦多见中日本草书籍转引。

《花镜》的记载则稍离其药用之特性，而强调鸭跖草的形态与色泽：

> 淡竹叶，一名小青，一名鸭跖草，多生南浙，随在有之。三月生苗，高数寸，蔓延于地，紫茎竹叶，其花俨似蛾形，只二瓣，下有绿萼承之，色最青翠可爱。土人用绵收其青汁，货作画灯，夜色更青。画家用以破绿等用。秋末抽茎，结小长穗，如麦冬而更坚硬，性喜阴湿。

但"秋末抽茎，结小长穗"等描述却与鸭跖草性状不符，似是与禾本科淡竹叶属的植物相混所致。

鸭跖草异名颇多，方以智《通雅》将之归入十种"似竹之小草"中："一种曰鸭跖草，即蓝胭脂草也。杭州以绵染其花作胭脂，为夜色。一名竹鸡草、耳环草、蓝姑草、碧蝉花，亦曰淡竹叶。《永嘉记》青田县以产草似箬，呼为竹青，而县名青田。"

清人邹汉勋在《南高平物产记》"竹叶菜"条中否定了"淡竹

叶"之名:"一名鸭脚莎,一名萍。茎细而有节卷曲,节着地即生根。叶如竹叶,开花蓝色。花外有荚如蛱蝶。茎叶皆可茹。《本草纲目》谓即淡竹叶,非。"郭璞注《尔雅》云:"蓁,蓴也。今呼鸥脚莎。"因此有学者认为"瞻彼淇奥,蓁竹猗猗"的"蓁"所指的鸥脚莎正是鸭脚莎,也就是鸭跖草。不过更常见的说法是,"蓁"指荩草,禾本科植物的形态的确与鸭跖草的竹节状有所相似。

厉荃《事物异名录》"鸭跖草"条,别载鸡舌草、碧竹子、竹叶菜之名。雍正《陕西通志》可见翠娥花、翠蛾儿、翠蝴蝶等名。

鸭跖草在日本也是十分常见的植物,《和汉三才图会》"鸭跖草"一条照录《本草纲目》所载,并录和名"都岐久佐",即"ツキクサ"(tsukikusa)的借字,可写作"月草"。江户时期医者片仓鹤陵著《医学质验五种·青囊琐探》"鸭跖草"条,记和名曰"觜幽孤萨"(亦"露草"日文发音ツユクサ之借字),谓"气味苦寒,无毒,主治寒热瘴疟,小儿丹毒矣。此药解热毒之妙剂也"云云,皆从本草学的角度描述鸭跖草的功能。新井白石曾说鸭跖草是暗夜中沐浴月光开放的花朵。但此花清晨绽开,过午即收,并不能等到月光,这便是文学的眼光。但更可信的说法,是古人喜欢清晨采摘,揉碎染蓝色,着色之"着",日文读"tsuki",与"月"同音。而捣碎花瓣的"捣"之日文读音,亦与"月"同。鸭跖草清澈的颜色,沾染朝露,楚楚动人,又有日文名"露草"。日本传统色谱内,有"露草蓝",是温柔清澈的颜色。

江户后期本草学者毛利梅园绘《梅园草木花谱》夏之部内有鸭跖草、淡竹叶(竹节菜)各一幅,后者茎作紫色,类似竹节,花较前者为小。旁录诸书所记异名及梅园按语,他认为,后者是鸭跖草

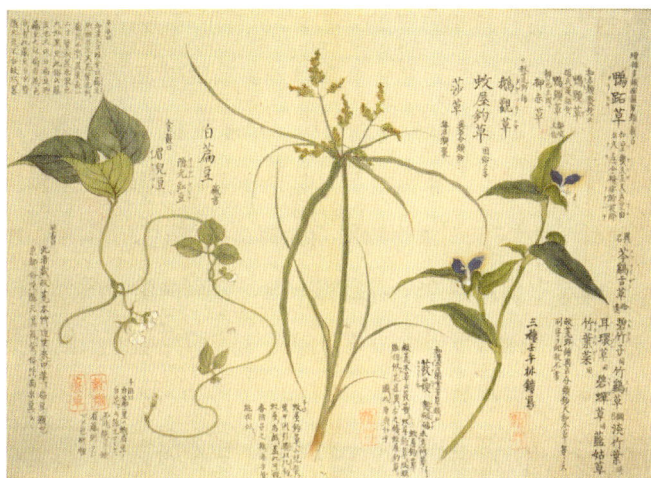

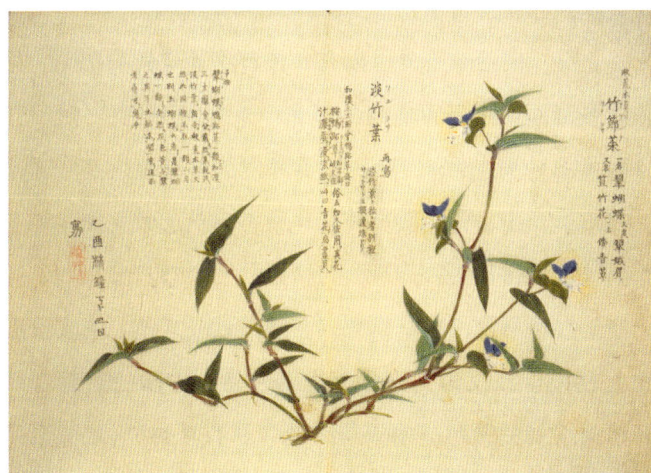

的同类植物，这与《中国植物志》的分类相同——《中国植物志》在鸭跖草属之下分列鸭跖草、节节草两种。后者又记竹节菜、竹节花之名，"一年生披散草本，茎匍匐，节上生根"，"叶鞘上长有红色小斑点"，"体态上很像鸭跖草，除果实室数不同外，本种佛焰苞卵状披针形"云云。玉蝴蝶不知所指为何，但并非鸭跖草的同类。《梅园草木花谱》今藏日本国立国会图书馆，已有高清彩图公开，从现代植物学的观点来看虽不乏错误，但笔触、着色无不细腻准确，是江户时代本草图谱的高峰之作。

鸭跖草也是日本绘画很常见的题目，如俵屋宗雪《秋草图》屏风（现藏东京国立博物馆），白芙蓉、白花胡枝子、紫白二色桔梗、秋葵花、芒草、白菊花之外，尚有一枝纤细玲珑的鸭跖草，绘三朵宝蓝花，是画面当中不可忽略的亮色。又如酒井抱一《秋草鹑图》屏风（现藏山种美术馆），绘秋月半弯，芒草离离，红叶零落，败酱草、鸭跖草开花，鹌鹑散步其间，秋意盎然。细见美术馆有中村芳中一幅《月色露草图》，"月"与"露"日文首音节相同，呼应至画面，便是银月半轮，露草离披，点缀三五枝纤草，清寂典雅。

比起鸭跖草在汉语文学作品中受冷待，中国的绘画作品还是可见其清秀可爱的颜色。南宋李迪绘《秋卉草虫》（现藏台北故宫博物院），极准确地勾勒晕染了一丛鸭跖草，翠蝴蝶般的双翅小花有四朵，是画面中唯一的花卉。如此将鸭跖草当作画幅主角，在中国传统绘画中很少见，令人印象深刻。现藏美国大都会艺术博物馆的朱瞻基绘《五狸奴图卷》，钱葵、枸杞、紫菀、石竹、竹丛之间，也有一簇可爱的鸭跖草，一旁卧着黄白相间的小狸猫，仿佛能听到

朝鲜时代《花卉草虫图》（双幅）之一（日本高丽美术馆藏），画中有黄蜀葵、鸡冠花、凤仙花，右下角有一株鸭跖草作点缀

伊酣眠的呼噜声。朝鲜时代的绘画中，也能见到鸭跖草的点缀，譬如京都高丽美术馆藏朝鲜时代《花卉草虫图》（16世纪），画面当中最醒目的是黄蜀葵、鸡冠花、凤仙花，画面右下角才有小小一株鸭跖草。另一幅私人藏朝鲜时代《草虫图》（16世纪），画面当中是鲜艳的罂粟，角落斜逸一枝露草，令画面更为活泼。

日本文学作品中，鸭跖草的痕迹就更多了。《万叶集》中有九首写到露草，钱稻孙译卷七之一三五一："将欲染吾衣，挹取鸭头草。便惹朝露湿，不嫌颜色老。"鸭头草即月草，朝露湿衣，月草染过的衣衫难免褪色，但又何妨。再如卷四之五八三，试译："思如月草易变色，我念之人无一语。"是女心的悯然。卷七一之二五五："月草作颜色，为君染彩衣。"是天真烂漫。同卷之一三三九："露草欲染衣，却苦易变色。"是担心对方情爱易变的踌躇。卷十之二二八一："朝露盛开月草花，我身香消共日斜。"同卷之二二九一："朝开夕逝鸭头草，无常眷恋如我身。"卷十一之二七五六："月草变色易，此身露电然。后得重逢否，君道如何知。"卷十二之三〇五八："深宫或如是，我心非月草。月草褪色易，相思无转移。"同卷之三〇五九："纵使人言千百遍，月草移情非我心。"反复咏叹，大部分都与其容易褪去的颜色有关，而"月草"也成了"变化"的枕词，在和歌中多譬喻易变的人心。

这种联系，在中国几首咏鸭跖草的诗中皆未见。《全芳备祖》中收录有两首平平之作："杨葩簌簌傍疏篱，薄翅舒青势欲飞。几误佳人将扇扑，始知错认枉心机。""露洗芳容别种青，墙头微弄晚风清。不须强入群芳社，花谱元无汝姓名。""花谱元无汝姓名"一句道出鸭跖草在中国传统审美谱系中的地位。

清代学者仁和翟灏歌咏杭州东郊乡俗诗中也有鸭跖草的身影，颇有隽语："不藉燕支拂鬓纱，西风吹绽碧蝉花。侬家赤岸村边住，晓擘牵离染翠霞。"自注云："石竹一名碧蝉花。赤岸村人秋取花汁作蓝绵，亦名蓝燕支。画家用以染点，及彩羊皮灯牵离茧幕也。见刘熙《释名》。"赤岸位于今杭州江干区丁桥镇。据民国《杭州府志》载，杭州物产有红蓝胭脂，其中蓝胭脂即鸭跖草花汁所制。

鸭跖草的染料用途在我国已绝迹，而日本滋贺草津如今还有变种鸭跖草做的"青花纸"，此项产业虽日渐式微，但工艺尚存。牧野富太郎（1862—1957）编《日本植物图鉴》与岩崎灌园（1786—1842）《本草图谱》一样，鸭跖草属收有"露草"（鸭跖草）与"大帽子花"（大花鸭跖草）两种，草津自古栽培、用于染色的，便是后者。而《中国植物志》鸭跖草属所列九条并无此种，或为日本本土栽培。《本草图谱》所述甚详："大和及近江栗太郡山田村有种植。苗叶大，高二三尺，直立。花倍于寻常品。清晨摘此花绞汁染纸。染家用于草稿，或灯笼等画具。"

江户时代本草学家小野兰山（1729—1810）著《本草纲目启蒙》（卷八）"鸭跖草"条有云：

> 原野极多，人家春月亦自生。茎干布地，每节叶互生，形似竹叶而厚。夏月每枝梢间生花，朝开午萎，深碧色，作二瓣，亦有白花……用时剪开入水，绞出青汁，用于画衣服花样，覆以糊，入染料皆消去。亦用于扇面，色虽鲜好，沾

水顷刻皆脱去。用于舶来羊皮灯之彩色，映火鲜明。

这"舶来羊皮灯"，正是中国之物。京都友禅染至今仍以鸭跖草花汁画草稿，取其遇水易褪色之便。此条还搜罗了诸书所见鸭跖草的和汉异名，颇有他书不常引用的几种，如青蜂儿、秋蜂儿（《本草原始》）、琉璃草（《外科准绳》）、凤嘴蓝（《花历百咏》）等等。

《花历百咏》是清人翁长祚所著，曾有康熙间刊本，我国已佚，幸有日本文政七年（1824）覆刻本可参考。果见三月"蛾眉织翠"云："翠蛾眉，即碧竹花也，叶如竹稍，弯类眉，花纯碧，绝似飞蛾。有角如鸟嘴，俗名凤嘴蓝、蓝花，画家设色，用代螺青，极妍媚可爱。"诗却普通，"不到胭脂微设色，临风独染柳衣轻"云云。翁长祚是福建瓯宁（今福建建瓯）人，大概闽地气候温暖，才将鸭跖草归入了春之花卉，与牡丹、芍药、海棠、蔷薇等同芳。

宽政九年（1797）所刊秋里篱岛《东海道名所图绘》，"草津驿"详绘大花鸭跖草的种植与青花纸的制作，并云："青花为山田草津边之名产，汉名鸭跖草，花曰碧蝉花。六、七月摘花染纸，用于纹样草稿。"同年出版永野仁编《日本名所风俗图绘》，"草津川"下有："草津与石部之间，约及百村制青花纸。此为近江一国之名产，以月草花浸染纸。草名俗云露草、移花、帽子花。"

生于近江国的僧人横井金谷上人（1761—1832）在《金谷上人行状记》中开篇即写："这一带村中，七八月皆摘露草花染纸，相与兜售诸国。此云青花，七月初以来，连小猫儿也要帮忙采花，何况雀跃忙碌的人们呢。""忙得想向猫咪借手用"，是日本自古就

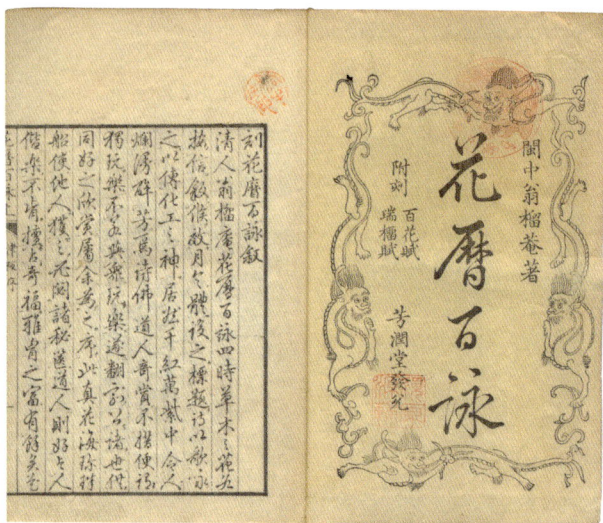

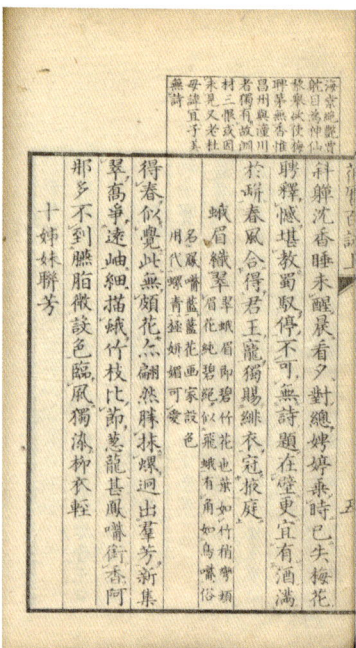

花歷百詠

闽中翁榴卷著
附刊 百花蛾 瑞榴賦

芳潤堂發兑

1. 清翁長祚《花历百咏》（和刻本）
2. 清翁長祚《花历百咏》（和刻本）咏鸭跖草

有的俗谚，现在年纪大的一些人还会用，语调实在可爱。

歌川广重（1797—1858）《东海道五十三次》（人物东海道）有草津一幅，绘二位妇女播种于鸭跖草田。天保元年（1830）夏，广重投宿草津，日记云："八月十七日，晴，旅行最佳时节。连日疲惫亦无，轻装探访各处名胜，来到琵琶湖畔……此地名产青花，七月摘花，用于染纸染物。因黄昏开花，又云月草、露草。"同样由其绘制的《大日本物产图绘》中还有一幅"青花纸制纸之图"，田野中七位女子持竹笼摘花瓣，旁边一男子筛除花蕊等杂物。又一女子揉花汁于木桶，再一女子小心晾晒染毕的青花纸。如今草津所存青花纸制作法，大略无差。具体栽培、制作法是：一月末播种，四月出芽，五月初至月末定植，每株间隔曰五十厘米。七月下旬开花，由此至八月末，每天等待天明花瓣初绽，赶在烈日升起前摘取花朵。之后仅取花瓣，在钵内捣烂，浸润棉布，移至木桶内，压以重石，滤得新鲜美丽的青花液。之后将此细细涂刷于上等和纸（土佐纸或美浓纸），晾干后再涂刷，如此反复，据说要刷一百次才算完成。刷制完成的青花纸像海苔一样捆起来，卖往各地。

明治六年（1873）博物局出版的初等指导教材《教草》中，有"青花纸一览"，图文并茂，从栽培、摘取、筛选、榨汁、用纸、涂色、干燥、剪裁各方面详细介绍。鸭跖草并非优良的蓝色染料，早被诸种植物靛蓝取代，而恰因其"易变色"的特性，又可作他用，很有意思。

柳田国男《野草杂记》内有一篇《草之名与孩童》，当中"绘具花"一节讲鸭跖草，查考各地鸭跖草异名语源，饶有趣味（按，此文承蒙友人曾维德君示知，特补此节），试译云：

　　在我们儿童时期，鸭跖草，也便是露草，亦呼萤草、giisugusa。Giisu 即蟋蟀、螽斯、蝈蝈，萤草一名，东京亦通行。我知道，将这二种虫置于笼内饲养时，常特意选择这种植物，为添一缕阴凉，并将之当作食料。信州、越后呼之为蜻蛉草，有说云花形似蜻蛉（《高志路》一卷一〇号），而我们都认为不像。或者这也是蜻蛉笼中所用食料亦未可知。佐渡地区，此草有七八种异名，其一作 danburi 花，秋田县也有 danburi 花、doburi 草、danburi 草等名，danburi、doburi，皆蜻蛉之谓。大约也有蜻蛉所食之意。在壹岐，则呼作金铃子花，鹿儿岛作金铃子草，信州上伊那亦作金铃子花，应该也是松虫（金琵琶、金铃子，蟋蟀科昆虫）笼中草之意。

　　但命名动机亦有意想不到之处。如不能体察孩童之心，则无法确切言之。其中大略可知，佐贺县藤津郡有笃忒婆婆等名，略似鸽鸣；伊予周桑地区亦作 kekekoro（类鸡鸣），又名鸡草，盖因横观花形，颇类鸡也。佐渡也有笃笃花之名，信州、伊那皆有笃忒古花（类鸡鸣）之名，亦作雄鸡花。若去筑摩郡，则知萱草呼作笃忒古乌或笃忒古。这似乎是因萱草花叶颇似鸡也。越后出云崎将扁豆，即近畿一带的隐元豆呼作 totekourou（类鸡鸣），也是因为将鸡冠花的小片插在扁豆荚上，再插上牙签，就变成小鸡玩具的缘故。因为如此相似，这般赋名亦是自然。然至露草，则有相当部分出乎孩童的想象。

　　和歌山县东牟娄郡，不区分露草与“光明”。佐渡的二宫村亦有“眼药花”之名，应是出于某种已被遗忘的说法。骏河志太郡等地将此花与蝇头、乳汁混合，成赤色之物，用作眼药。而草名在此呼作“花样”。佐渡部分地区还有 kataguro、jinjikuro 等名，亦不明其意。四国地区的赞岐，呼作镰草，或是因叶片形似镰刀之故，殊难确定。伊予地区有雀草、卵草之名。大约是因小小的草种类似鸟蛋之故。叫卵草的植物还有许多。因此这个名字并未广泛通行。丰后大野郡将鸭跖草叫做馒头草，伊予周桑郡除卵草之名外，还有柴饼草之谓。柴饼乃五月节之际所制饼饵，即以菝葜叶片之类包裹的红豆馅米粉团子，确与露草成熟种子的叶苞相似。“花样”之名的起源亦不可知，但分布甚广。上文所列静冈县中部之外，木曾、伊势以及较远的山口、大分两县，也将露草唤作花样。东北地区的仙台北部至登米区域，又呼曰“猫之花样”。总之形式稍变。再往津轻方向去，还有“猫之bebe”的叫法。

　　帽子花的叫法，名古屋一带古来有之，如今仍保留在信州南部区域。该区域还有荷包花的名字。比这更奇特的，还有名古屋及富山县某些区域“绀屋娘子”的叫法。娘子（okata）是主妇的古称，绀屋即靛蓝印染铺，既是绀屋娘子，那么就可以自由印染喜欢的颜色穿。也就是说，这一词汇意在赞赏此花出色鲜丽，因此单凭这点，就远胜小儿戏语。由种种记录或民谣已逐渐证明，近世印染技术及材料刚普及之际，最初流行的，就是这优美的钴蓝色。或曰，这也是日本人自古以来就十分喜爱且难以企及的颜色。长门的丰浦郡，将露草呼作"花样"或"缥"。丰后地区也有"花样"或"蓝草"之名，信州下伊地区还有"绘具草"、"染草"之称。和歌中，此草古名 tsukigusa。写作"月草"，可与露草之"露"对照。事实上，因为可以沾染衣物，故称"附草"（tsukigusa），又或为 utsushigusa（可写作移草）。如今女孩儿仍会将此花颜色涂染于纸，游戏为乐。也就是说，tsukigusa 便是花儿容易染色之意。由此亦可显知儿童喜拟新名的特性。譬如秋田市附近至角馆一带，已有 danburi 花或印章草等名。印章草之名，应不比印章一词进入乡村更早；也有地区，譬如北信等地，将同科的"紫露草"呼作印章草。我尚未确定，这究竟是因花汁如紫墨水，还是将这种国外传入的草花在纸上涂色玩耍的缘故？

种种异名，令人目不暇接，大开眼界。"柴饼草"之名，与中文文献中"饭包草"之名由来相似，柴饼即用菝葜叶包裹糯米红豆饼而成的一种日本点心，饭包草是鸭跖草科鸭跖草属的一种植物，叶柄明显，总苞无柄或柄极短，苞片基部成漏斗或风帽状。花瓣三片均为蓝色。在满目孩童戏语的幼稚名目中，"绀屋娘子"最为别致，或可译作"染屋娘子"。中文别名中的小青、蓝胭脂草、碧蝉花、翠娥花、翠蛾儿等等，如今已然绝迹。没有如柳田国男这般以民俗学、语源学的视角详细记录、查考，不免可惜。这些异名随着时光推移、语汇统一等因，往往消逝极速。加上都市人远离田园，对于非园艺品种的植物，难免日益陌生。

不过，在北京和京都，都曾见过人家庭院里特意种植的盆栽鸭跖草，夏秋之际，无数宝蓝剔透的小巧花朵，令人心动。我也养了两盆，因生发极快，故而不妨大胆修剪，呈错落扶疏之态。也曾水培数茎，玻璃瓶内生出洁白根须，碧叶翠瓣，鹅黄花蕊，在纸屏映衬之下，楚楚可人。

2019 年 1 月 28 日定稿

笃姬的荔枝

　　宫尾登美子的小说《笃姬》中，有一节讲到，安政三年（1856）笃姬自故乡萨摩出发，途经京都，将去江户嫁入幕府。在京都拜会养父近卫忠熙，奉上故乡带来的礼物。近卫忠熙是幕末公卿，身份颇高，提倡公武合体，素与萨摩藩保有深交。笃姬原本只出身岛津家旁支，后来做了岛津本家的养女。但要嫁入幕府，身份仍不够尊贵，于是又成为近卫忠熙的养女。这是江户时代比较常见的方法，可以抬高身份。比起血缘，更重要的是作为谁家的养子或养女。小说里简洁的一笔，在同名电视剧中，被敷衍成很可爱的一幕。舟车劳顿的少女笃姬将一碟糖渍荔枝呈给忠熙，戴乌帽子的忠熙欢喜道："这不是萨摩的荔枝么？已经好久没有见过啦。"笃姬笑说："如果咸，还请您原谅。因为波涛汹涌的途中，或许使其浸染了海水。"忠熙极珍爱地尝过，绝赞不已。多年前看这段，印象深刻，当时想，中国自古栽培的荔枝，在京都便如此金贵么？

　　日本许多蔬果，皆由大陆传入。有些本土虽也有原生种，但可食用的优良种还是来自中国，比如柿子、柑橘、枇杷。京都山中就多见原生枇杷树，果小且密，酸不可食。也有杨梅，日文读作"山桃"，据说几十年前还是寻常能买到的水果，近年因杨梅果农减少，几乎消失殆尽，很多年轻人甚至闻所未闻。北白川附近有一些野生杨梅，植株高大，梅雨时果实成熟，但酸涩少肉，只能做鸟雀的点心。

萨摩藩地处岛国西南隅，距中国、琉球很近，浸染外来风气最速，侵扰邻国、往来贸易、引进技术亦皆便。近代以来，日本其他区域尚未历黑船之震撼，此地人已锐意制造火炮军船、操练炮术。在引进外来物产、开垦藩内荒地方面，也十分用力。据说早在战国末期，岛津家的武将家久就曾将琉球产的茉莉花赠送德川家康。在那时实在是贵重美好的礼物，虽然学者上野益三认为这只是缺乏旁证的传说。

萨摩藩第八代藩主岛津重豪（1745—1833）极爱兰学，重教育、医疗、武术，于本草学造诣亦深，曾命藩内学者编纂劝农、救荒之用的本草图录，主要担纲的是本草学者曾槃（1758—1834）与日本国学者白尾国柱（1762—1821）。从宽政五年（1793）至文化元年（1804），终于完成百卷图谱，共十部，名《成形图说》。其中农事、五谷、菜蔬三部共三十册已刊刻印行。剩下的原稿因两度遭遇火灾，仅存零篇。就刊行的三十册来看，图画细致，内容精准可靠，标明和、汉、荷三语名称，不少都是“使琉球人就其效能、用法等质询清国学者”而得，非一般私修图谱可比。《成形图说》的插图有套色印刷、单色印两种，后者更常见，前者应该是书成之后赠送给公卿、大名的精制本。

曾槃的先祖据说为明人，他是庄内藩医之子，生于江户。最初出仕庄内藩（今山形县鹤冈市），师从本草学者田村蓝水。蓝水重视实地调查，曾游历各地，考察植物，与岛津重豪等大名往来颇密，关心琉球名物，著有《中山传信录物产考》、《琉球产物志》等。受

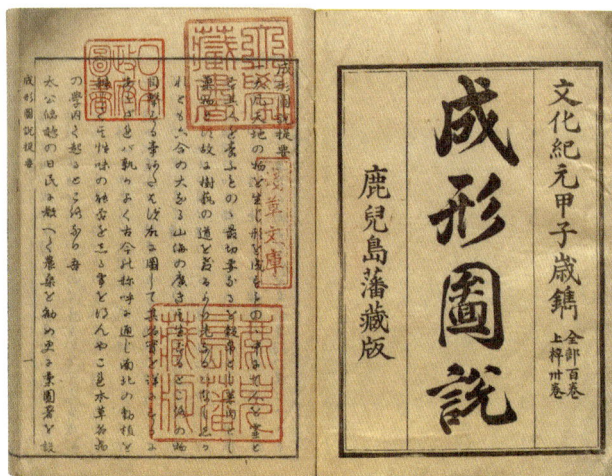

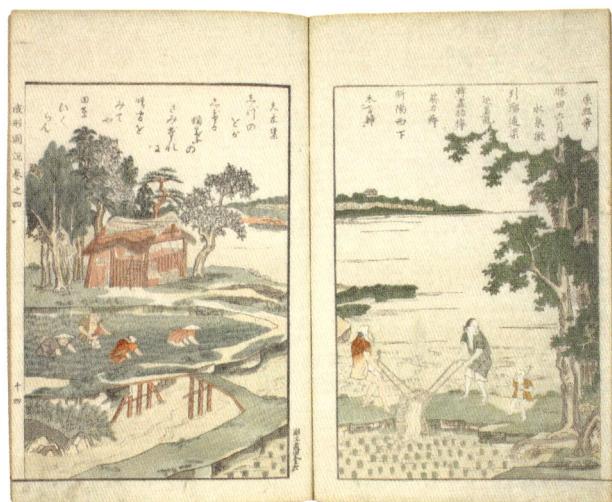

1. 文化元年（1804）鹿儿岛藩刊《成形图说》卷首牌记 2.《成形图说》有关插秧的彩色插图

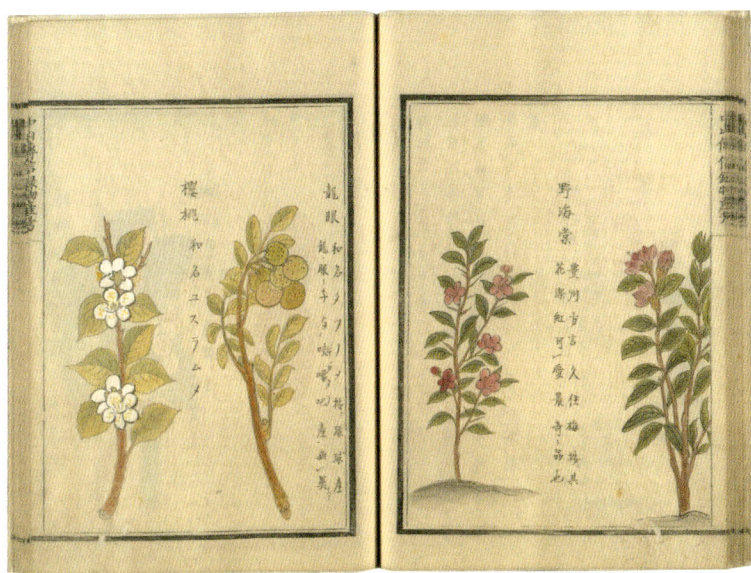

田村蓝水《中山传信录物产考》（日本国立国会图书馆藏写本）

其影响，曾槃于宽政四年（1792）出仕萨摩（鹿儿岛）藩，在重豪近旁担任侍医及秘书工作。重豪对曾槃礼敬有加，曾槃也视重豪为知己，此后四十多年，曾槃在萨摩藩展开各种博物学、本草学的研究，留下了《本草纲目纂疏》、《南山俗语考》、《国史昆虫草木考》、《仰望节录》等大量著作。

　　自重豪而始，岛津家几代藩主都致力发展草药园与林木培植业，藩内大小药园有数百所，最有名的是"佐多药园"、"山川药园"、"吉野药园"，为藩政作过很大贡献，如今旧址尚存，当中龙眼、荔枝等大陆传入的树木仍年年挂果。其时藩内专设"御内用挂山奉行"之职，负责开辟山林、培育树木。亦设"御药园奉行"一职，专事引进、鉴别、栽培外来植物等务。这些外来品种，有些来自清国商人与荷兰商人，有些是委托每年往来福州的琉球人带回。据《齐彬公史料》载，药园内植物大概有龙眼、荔枝、巴豆、厚朴、紫檀、椰子、丁香、肉桂、槟榔、甘草、莪术、龙胆、木通、山楂、白芷、苍术、防风、木瓜、黄芩、知母、枳壳、郁金、地榆、远志、何首乌、胡椒、藿香、麻黄、砂仁、茴香、延胡索、白豆蔻、当归、黄莲等等。至岛津齐彬时，还广收欧美与南洋诸地植物入园。在《唐船持渡植物写生图》中，可以见到享保八年（1723）卯15番船有"龙眼树二株"，享保十五年（1730）戌20番船有"荔枝树"、"龙眼树"各一株。江户时期萨摩地区本草学、博物学之兴盛，由此可见一斑。明人李言恭著《日本考》之"果子"条下，以汉字标注日本植物发音，就写着"荔枝，同音"。曾槃在文政年间完成的《本草纲目纂疏》卷八果部第三夷果类"荔枝"条云"俗云利知以"，下注："盖荔枝华音之转讹。"的确，荔枝一词在日文中今仍取汉语音。似可推测，荔枝已在16世纪下半叶传入日本，但种植成功并量产，则花费了更久的时间。

查诸《萨藩之文化》一书，可知萨摩正式培育荔枝、龙眼在万治二年（1659）。贞享四年（1687），藩士新纳时升也向藩主献上龙眼苗。荔枝经霜即死，在中国，从前最北分布到涪陵、万州一带。明清时因气候变化与战乱等原因，大部退回南方，川渝一带存者寥寥。这种美妙的水果，日本适宜种植之处也很少。享保六年（1721），伊豆有人从萨摩得来龙眼、荔枝苗与种子培育，可惜"种子未发芽，树皆枯死"。《本草纲目纂疏》"荔枝"条称"尝闻琉球山中有之，叶如无槵树叶，高二三丈，春开花，五、六月实熟。今移种大隅佐多邑，未见花实"，其下双行夹注云："文政癸未岁实复生苗。"文政癸未即文政六年（1823），大隅佐多邑即萨摩藩佐多药园所在地。

同夷果部还有"龙眼"条，云"萨摩藩尝所栽培龙眼树，今既蕃殖，季春开花，八、九月实熟，其甘亦如蜜，时未详贮藏之法。因使译士某问之崎岙清客，则吴趋程赤城者切传之矣。今所制本其法"。曾槃曾见过程赤城讲述龙眼干制法的书信，"敝帚千金，喜而弗措"，誊抄而归，将此法全文收入《纂疏》，"摘下晒干，上笼烘焙时用姜黄末拌上，久收不坏"云云。并指出萨摩藩后来制法是"摘下直上笼焙，微发津液，方此之时乃用姜黄末拌上"，较之程赤城所言更为详审。程赤城是18世纪的苏州船商，名霞生，号柏堂，曾多次来到长崎，居住在长崎的唐馆，与日本文人颇有书画往来。据说曾游历闽广，亲见龙眼制法。不知曾槃是否读过清人赵学敏《本草拾遗》中"龙眼"条下所附"龙眼壳"，"闽人恐其易蛀，辄用姜黄末拌之令黄，且易悦目也"，也已说明了龙眼的贮存之法。

前述《齐彬公史料》中，有一篇《御药园之由来》，也讲到了荔枝的故事，说萨摩藩每年都会将培育的荔枝、龙眼蜜渍或风干，进献幕府与近卫家。荔枝、龙眼成熟后，连枝采下，送到藩内专门的炼制所。蜜渍的方法，是将之装入玻璃坛，注入蜂蜜，密封坛口，"经日不腐败，且色泽毫无变化，外观尤美"。此种蜜渍法与屈大均《广东新语》卷二十五"荔枝"条中所载相似："就树摘完好者，留蒂寸许，蜡封之。乃剪去蒂，复以蜡封剪口。以蜜水满浸，经数月，味色不变，是予终岁皆有鲜荔支之饱。"

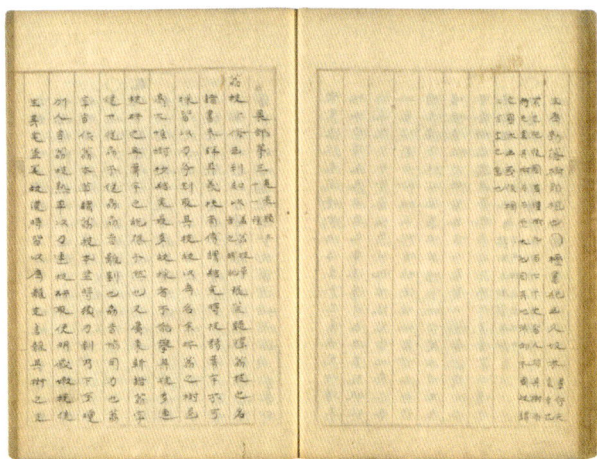

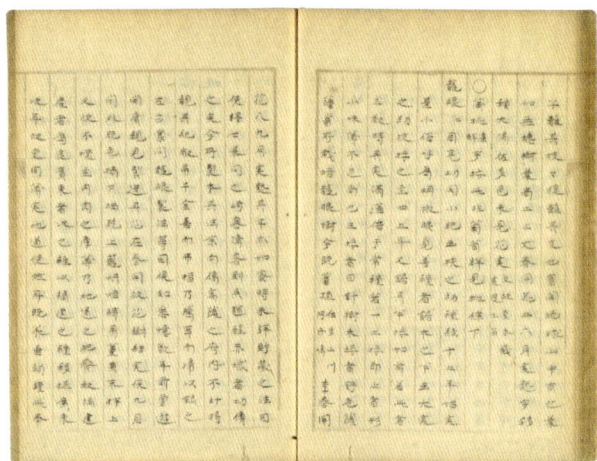

1. 曾槃《本草纲目纂疏》（日本国立国会图书馆藏写本）"荔枝"条
2. 曾槃《本草纲目纂疏》（日本国立国会图书馆藏写本）"龙眼"条

《御药园之由来》又说，做好的蜜渍荔枝"进献京都的近卫家，以及其他诸位高贵的人家，或献上幕府，或赠予亲戚，或赠予私交甚好的大名。如此之事，连年不断"。笃姬嫁入幕府之后，也曾进献数坛。因笃姬眷爱此种家乡风味，药园职人也愈加精心培育。笃姬出嫁第三年，将军家定与养父齐彬相继病死，她落发寡居，经历幕末到明治的种种波澜，再未能踏回故土。去世后，墓前植枇杷，据说也是她喜爱的水果，可惜东京种不了荔枝。而荔枝与龙眼现在也并非日本常见的水果，仅鹿儿岛、宫崎、冲绳有所栽培，年平均产量不过十数吨。更多是从中国、东南亚等地进口，且以罐头制品或饮料居多。学校食堂的沙拉台偶尔会见到罐头荔枝，久浸糖水，风味不如新鲜荔枝远矣。

2014 年 7 月 8 日

从《菩多尼诃经》到《植学启原》

　　最早留意到宇田川榕庵，是翻看丸善出版社刊印的巨册《西博尔德旧藏日本植物图谱集》时，见其中有若干幅为其所绘。再读高桥辉和《西博尔德与宇田川榕庵——江户兰学交游记》，则知1826年西博尔德初到江户，最早结识的兰学家便是榕庵。当时西博尔德三十一岁，榕庵二十九岁。榕庵评西博尔德为"博览多通，解音律，长于多识之学"，西博尔德评榕庵是"卓越的教养人"。

　　西博尔德（1796—1866）生于德国拜恩州西北部的医学世家，祖父、父亲都是维尔茨堡大学的医生。1815年他也考入维尔茨堡大学哲学系，后遵从家人意见转而学医。大学期间对植物学产生强烈兴趣。1822年7月起成为荷属东印度陆军医院的外科医师，1823年3月去往巴达维亚郊外的驻地，兼任东印度自然科学调查官，并向东印度总督提出调查、研究日本的请求。同年8月，抵达日本长崎，住在锁国时代唯一允许外国人居住的出岛，成为荷兰商馆的医生。他的荷兰语也是新学的，在日本通晓荷兰语的翻译听来有些奇怪，便假称自己是荷兰山区出身，讲的是方言，对荷兰地理全无概念的日本人便也没有再深究。1824年，西博尔德被允许在出岛之外的长崎郊区开设鸣泷塾,教授西洋医学（兰学），一时学者、医者云集。1826年4月，西博尔德随荷兰商馆馆长往江户参谒第十一代将军德川家齐，并在江户广交师友。据说当时他与榕庵是用荷兰语交流，十七岁就开始学习兰语的榕庵应对自如，并无障碍。

二人都对植物学怀有浓厚兴趣，榕庵赠送西博尔德不少植物标本，以及亲自描绘或画师所作的植物图谱，彼此请教植物和洋名，交流频繁，情谊深切。有关西博尔德此番的江户之行，有已整理出版的《江户参府纪行》可资查考。此书详叙由长崎经下关、大阪、京都、滋贺至江户之旅，描述沿途所见动植物、风土人情，对江户医学尤其关心，记录日本医师分类法，甚至连他们的服装、发型皆详加解释，譬如："位高的医者，与身份很高的日本人服装俱同。将军大名的侍医正式服装用主人家纹，如武士或一般高贵的人很普通的做法，佩刀二把。内科医与妇科医剃发，但外科医与其他医生并不剃发，以梳结发髻于顶。"若看过时代剧，应该会对医师特殊的发型有印象。

1828年，西博尔德返国之际，被查出携有日本地图等幕府违禁品，遂遭驱逐离境，这是著名的"西博尔德事件"。回到荷兰后，西博尔德将从日本带回的大量资料编辑整理，陆续出版《日本》、《日本动物志》、《日本植物志》等著作。其中《日本植物志》广为人知，也是如今网络上常见的图谱资料。所收一百五十幅图谱，全部见于《西博尔德旧藏日本植物图谱集》，有四幅提到榕庵之名，如"狭叶四照花"（山法师）条："似为值得我们尊敬的友人、日本植物学者、江户医师宇田川榕庵，于海拔近1950米的箱根山及其他日本北部地区发现。"又如"锦带花"（箱根空木）条："日本植物学者宇田川榕庵，于有名的火山富士山斜面亦观察得此植物。"因此，欲了解西博尔德，也不应当错过他在江户的植物学知己榕庵。

　　榕庵是大垣藩医江泽养树的长子，1798 年出生于大垣藩在江户的藩邸，相当于大垣藩的驻江户办事处。后来，生父养树的恩师宇田川玄真（槐园）欣赏榕庵的才华，收其为养子。宇田川家为津山藩医，兰学名门。榕庵自小向松下葛山（1748—1823）学习儒学，又随井冈樱仙（1778—1837）学习本草学，自著年谱云"刻苦学习本草，芒鞋箬笠，往来山谷，经春及秋"。少年榕庵随父亲接触到荷兰来的医生，见到西洋药物，兴趣盎然，便想修习荷兰语，专事翻译。但父亲教诲称，"家学主为汉土文章，不成文章，则亦不成家学。汝于西字、音韵等自幼耳濡目染，未必需要另学。至于翻译，则为终生大业，汝莫嫌大器晚成"。这番话说明了玄真的治学取向，兰学家依然将汉文视为学问主干，而西语翻译，则不求一时急成。不过榕庵意志坚决，玄真便也为他请了长崎的翻译官为师。自著年谱称，"予少年失汉学，及长而悔，老而惭"。可见汉学兰学之间何者为重，这也是江户时代的兰学家们一直想要平衡的问题。锁国时代的江户，学者活动范围甚小，获得知识的渠道亦有限。但累世积蓄的家学，仍能容养丰富的学问，养子制度也使得一部分家境普通却出类拔萃的人才有机会获得更好的教育。

　　文政五年（1822），二十五岁的榕庵刊行经折装《菩多尼诃经》，这是日本第一部介绍西洋植物学的作品。"菩多尼诃"是拉丁语botanica 的音译，经文凡一千一百七十八字，参考 Noël Chomel所著《家政百科事典》（原著名 Dictionnaire œconomique，译名又曰《日用百科辞典》）等。榕庵参考的是荷兰语译本。1811 年，

菩多尼訶經

江戸宇田川榕菴榕譯

如是我聞西方世界有孔剌需斯健斯律
私木里索肉私剌愈斯多兒涅福爾篤歇兒
滿葛穤法兒抜烏非奴私馬兒呱及斯花列
斯律兇弗大學師蒲爾花歇大學師林娜私

大道塲設大法會出大音聲出眞實言說無
瑩諸大聖累代出世各於其國發大願力建
有上微妙甚深最勝眞理敎化諸大弟子
爾時大聖告諸大弟子言四大洲中百千萬
億一切衆生差別二種人馬獅狗雞鳳燕雀
鯨蛇蝎龍蠅蜂龜蟹性情智能圓滿具足靡
不步行自荷名曰動物性情智能圓滿具足
有雌有雄有一體兼男女有六親眷屬有壽
量有色相不能步行名曰植物然此二種本
來一理

早稻田大学藏文政五年（1822）刊本《菩多尼诃经》

幕府曾命兰学家翻译此书，名曰《厚生新编》）中植物学的部分、路德维希（Christian Gottlieb Ludwig）的《植物学讲义》，以及林奈的二十四纲分类法。开篇"如是我闻，西方世界有孔剌需斯·健斯涅律私……"，即列举16世纪至18世纪中期十一位欧洲代表性植物学家之名，说他们"各于其国，发大愿力，建大道场，设大法会，出大音声，出真实言，说无有上，微妙甚深，最胜真理，教化诸大弟子"。第二段言"一切众生，差别二种"，即动物与植物，曰此二种"本来一理"。之后将植物根比作动物口与胃，干、茎为肠，叶为肺，花为生殖器，果实为卵。种子落地，生根发芽，周而复始，"犹如动物生产蕃息，生理循环"。严格而言，该经文并未准确传达18世纪西洋植物学学说，更像是初次接触植物学知识的青年感慨戏作。

日本首次介绍林奈二十四纲分类法，是伊藤圭介（1803—1901）的《泰西本草名疏》（全三册，1829年刊）。此书与西博尔德也有极深的渊源。伊藤出身町医之家，少年时期游学京都，学习兰学。文政十年（1827）赴长崎，在西博尔德门下学习本草学。次年东归之际，西博尔德以卡尔·彼得·通贝里（C. P. Thunberg）所著《日本植物志》（Flora Japonica，1784）相赠，归后乃译此书，刊行出版。日本国立国会图书馆有伊藤圭介翻译此书的稿本，当中有圆圈加"シ"（西博尔德日译名首字母）的标记，为西博尔德的见解。而刊刻之时"西博尔德事件"已爆发，因此在刊本中，这一标记仅以圆圈表示。《泰西本草名疏》附录卷末，有一张彩色套印《二十四纲图》，为摹刻原书附图而得。在一些刊本卷首，还附有原作者Thunberg的摹刻肖像，名作"春别尔孤"，

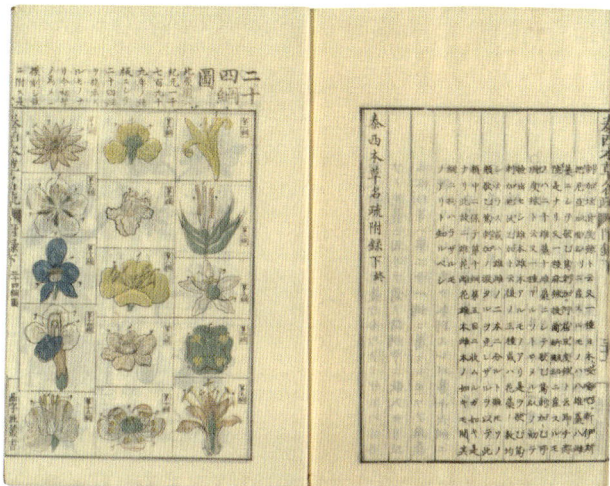

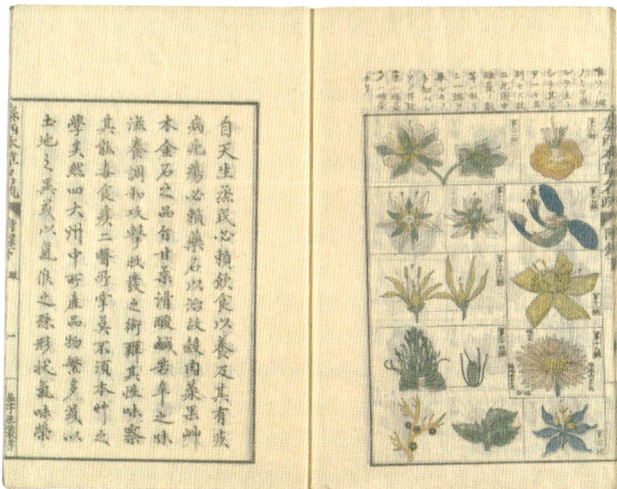

文政十二年（1829）刊本《泰西本草名疏》附录卷末所附《二十四纲图》

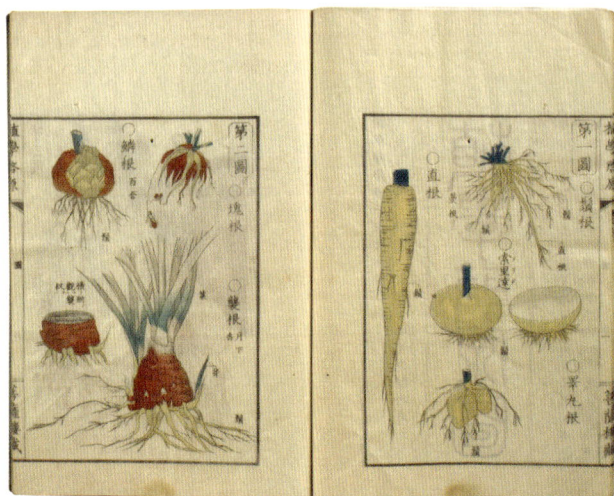

天保五年（1834）刊本菩萨楼藏版《植学启原》插图

是伊藤圭介音译的名字，书中常以"春氏"称之。

　　而全面系统地介绍西洋植物学，依然是榕庵，即天保五年（1834）刊行的三卷本《植学启原》（菩萨楼藏版，卷末附木版彩印插图二十一种。另有后印本，为风云堂青藜阁藏版。二者皆为宇田川家塾名），对江户时代本草学、博物学的兴盛及近代植物学、药学的发展产生重要影响。"日本植物分类学之父"牧野富太郎（1862—1957）的启蒙读物中即有此书。

　　在《植学启原引》中，榕庵认为西洋有三科学问：辨物（博物学）、究理（自然哲学）、舍密（化学）。"故学者必先修辨物之学，而类其形质，征其异同。次之以究理，而穷动何以飞走，植何以荣枯之理。又次之以舍密，而离合万物所以资生之元。"其中，"辨物治学，别之曰植学，曰动学，曰山物之学"。江户本草学之根本在于《本草纲目》，辨析和汉名，附注洋名。而榕庵认为的本草学与西方植物学的本质区别，在《植学启原序》中亦有详论："亚细亚东边之诸国，止有本草，而无植学也。有斯学而有其书，实以我东方榕庵氏为滥觞云。""盖本草者，不过就名识物，详气味能毒，犹如知角者牛、鬣者马，不甚与究理相涉也。若夫所谓植学者，剖别花叶根核，辨析各器官能，犹动物之有解剖，真究理之学也。"

植学虽不同于本草学，但在译介过程中，不可能一味音译或造新词，也要采用固有的本草词汇，因此《植学启原》中有不少至今仍然使用的本草用语：药、花梗、蒴、荑荑花序、柱头、坚果、对生、互生等。1858 年，李善兰译《植物学》，此书随后传入日本；1867年之后，日本出现各种翻刻本、和译本，"植物学"一词遂渐取代"植学"。不过，日本现代意义植物学的发展，还要等到牧野富太郎的时代。牧野最初也从本草学出发，对植物产生天然的兴趣，与榕庵少年时的心情没有二样。明治开国后的学问风气并非凭空兴起，也当注意江户时代已有的先声，关照从前的学者所经历的困惑及付出的努力。

身处新旧时代交替的学者们，努力将江户时代积累的庞大的本草学知识在近代植物学的学问体系中寻找定位，使传统本草学可与近代植物学发生关联与呼应。学问随着人的移动在不同国家之间发生传播，一如种子的旅行。又被翻译成不同的语言文字，留在不同的印刷物上，再随着人的移动流传于东西之间，影响着人们描述世界的方法、认识世界的眼光。

2014 年 10 月 15 日

伊泽兰轩与竹苞楼

　　森鸥外早年留学德国，受西洋文学影响，为日本文坛带来新风。大正元年（1912）乃木希典夫妇的殉死，令鸥外深受震动，据说也由此转向了历史小说的创作，《山椒大夫》、《高濑舟》、《寒山拾得》等均属这一阶段的名作。他晚年还留下三部历史传记：《涩江抽斋》、《伊泽兰轩》、《北条霞亭》。不过这三部史传发表之初并未有多大反响，文学领域的评论也很冷淡。如和辻哲郎就曾道："先生对《涩江抽斋》倾注如此精力，恕我实在无法理解先生之意。我臆测的唯一理由，就是'挖掘之兴趣'。但已被埋没的东西，即使唤起人的好奇心，其本来价值也并不高。"对此，鸥外在《伊泽兰轩》第二十段也有回应："我为涩江抽斋书写长文，有学者认为这是为无用之人作传，并比作老人挖古董。"但石川淳却将此三作列为鸥外的最高杰作，并批判《雁》为儿戏，《山椒大夫》是庸俗之作。

　　鸥外在考察德川时代事迹时，留意到"武鉴"这种基础史料，发现许多武鉴都有"弘前医官涩江氏藏书记"之印，又见"抽斋"字样。于是询问友人，是否知道涩江其人，或者抽斋。武鉴是江户时代特有的出版类型，大名、武家等人的姓名、俸禄、职位、家纹、菩提寺等信息，类似人名大辞典、职官录、名人录一类的资料。鸥

森鸥外（约 1912 年）

外辗转调查，方知"涩江氏"与"抽斋"确属一人，且尚有子孙在世。遂访其后人，寻得抽斋墓所，携去花束。鸥外比抽斋晚生不足六十年，却已完全不知抽斋之名，也可见维新之际有多少前代学者被湮没。鸥外将寻找抽斋的过程视为"奇缘"，在小说里详述抽斋家族的历史、抽斋的一生、抽斋霍乱病死后子孙的聚散离合。笔法精练，叙事从容，情绪克制，花费大量笔墨细述抽斋的学术与交游、著述与趣味，从容介绍抽斋参与的刊刻典籍的事业，偶尔有十分细腻的情境描写，并一直写到抽斋去世几十年后其师友后裔的现况，是优秀的历史人物传记，也算一部旧时代的挽歌。

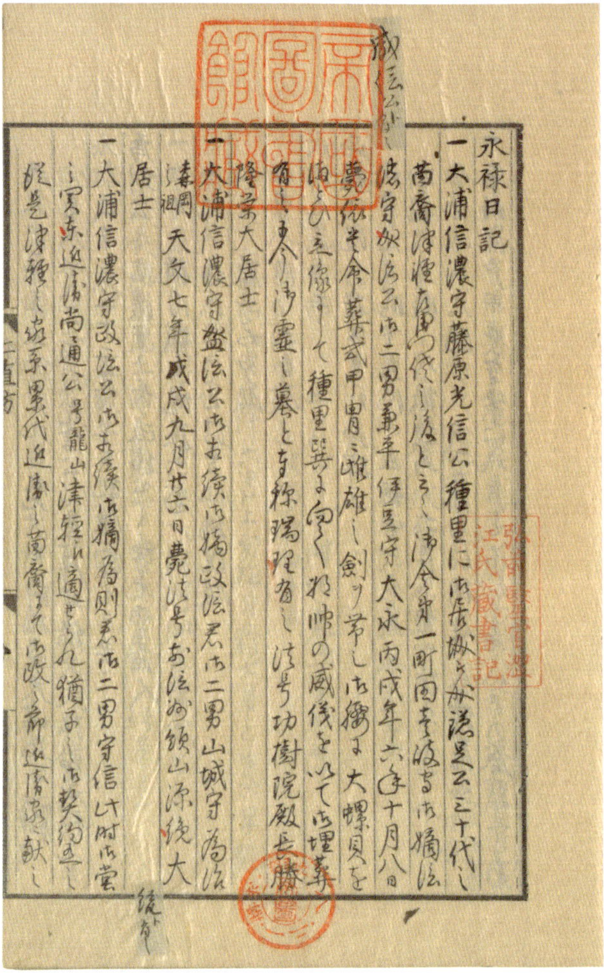

永祿日記

日本国立国会图书馆藏涩江抽斋《永禄至宝永御国许日记》（1844 年）

据说抽斋曾聚书三万五千余种，在身后散佚殆尽，他生前有述志诗云："三十七年如一瞬，学医传业薄才伸。荣枯穷达任天命，安乐换钱不患贫。"这首诗可以在东京大学综合图书馆藏《抽斋吟稿》里见到，也是鸥外小说《涩江抽斋》开篇引用的句子。鸥外倾慕抽斋，曾请中村不折书写此诗，并悬挂在内客厅。不同于清代学者有科举这样的进身之路，江户时代的学者或需要家学传承，或需要依附于某个学派，或依附于某位藩主、食其俸禄，或自身财力雄厚，足以购书读书。江户时代的出版业虽也发达，但刻工价格较之中国远为高昂，刻工人手甚至木材调度量也无法与中国相比，因此普通学者要出版自己的著作，还是困难重重。他们一旦去世，文稿散佚，其为人、学术也很难为后人熟知。

鸥外在小说第六段这样讲述自己为何对抽斋产生强烈的兴趣与亲近感：

> 抽斋涩江道纯不仅单单涉猎经史子集、著述考证书籍，也搜集"古武鉴"和古江户图一类，并留下了考证笔记。在上野国立国会图书馆有《江户鉴图目录》，也就是"古武鉴"、古江户图的访古志。但因经史子集为世之所重，《经籍访古志》乃得徐承祖刊布，而如"古武鉴"、古江户图一类的资料，不过是我们这样渺小的好事者偶然一顾而已，仅存其目录，而不为人所知。而此书得帝国图书馆之保护，我总算也觉得侥幸。

> 我还想到一事。抽斋是医生，也是官吏。博览经书、诸

子之类的哲学书籍，也阅读史书和诗文集一类的文艺书。其事迹与我颇为类似。其所不同处，仅仅是古今不同时，生不相逢而已。不，不是这样。有一点很大的差别，那就是抽斋于哲学文艺方面，达到了只有作为考证家得以树立的地位，而我还无法脱离驳杂的兴趣主义的境界。我看抽斋，难免羞愧。

抽斋曾经是和我走在同样道路上的人。但他的健足非我可比。他有比我大为优越的远游工具。抽斋是我应当敬畏的人。

然而可以称奇的是，他却不是只走通衢大道，往往也会穿行小径。抽斋不仅探讨经部、子部的宋椠本，也会摆弄"古武鉴"或者古江户图。如果抽斋与我是同时代人，我们的衣袖一定在横町的沟板上摩擦过吧。由此我与他生出亲切感。我与抽斋也得以生出笃爱之情。

森鸥外祖上代为津和野藩的典医，他自己从小就熟习儒学经典，也学过荷兰语。而因为生在维新之际，他并没有如前代医者一样继承家学，专习汉方医或兰医，而是考入东京的官立医学校，又入东京陆军医院工作，其后乃得留学德国，师从著名细菌学家科赫。而涩江家世代是弘前藩医官，抽斋是弘前藩侍医，即弘前藩藩主的御用医，其经历的确与鸥外算得上非常一致。

前文已提过，鸥外创作《涩江抽斋》并不仅仅是因为对一位异代知己产生兴趣，还有受到故友乃木希典夫妇自杀的刺激。我对乃木的评价实在相当低下，当日白桦派作家司马辽太郎等人早已批判过，说这是愚蠢落后的前近代行为，我亦完全赞同。虽然鸥外对乃木的殉死寄予不小的同情,但并不说明鸥外认同这种偏执愚鲁的死。不过,明治时代的结束,的确也是鸥外去探讨明治精神源头的契机。他写到在嘉永、安政时代,天下士人都立于歧路。是勤王,还是佐幕?时代已容不得首鼠两端、苟且偷生。而涩江家则早已选择了勤王的立场,因为抽斋的老师市野迷庵就是勤王之家。但勤王并不意味着攘夷,抽斋一向重视兰学,临终遗言里就有命嗣子涩江保学习荷兰语一条。鸥外的笔调极冷静,如编写年谱一般不带任何价值判断。但他的立场,可从他选取并倾慕的人物身上找到答案。

创作涩江抽斋的过程中,鸥外对抽斋的老师伊泽兰轩也产生了兴趣。透过兰轩,又注意到菅茶山的门人北条霞亭,这便是鸥外晚年三部历史人物小说的由来。鸥外因此搜集了大量资料,在他去世后,遗属将之捐赠给东京大学,今藏东大综合图书馆。据芥川龙之介回忆,某日拜访鸥外,鸥外谈及所得北条霞亭数十封书信,"神色昂然",印象深刻,足见鸥外晚年创作的用功与投入。中国人了解鸥外,多视其为小说家,或知道他做军医的往昔,以及他在判断脚气病成因上犯的医学错误。鲜少有人注意到他对日本传统学问、历史人物的关心。翻看鸥外文库的藏书目录,或许有助于重新认识鸥外的思想。他们活跃在维新时代,留学西洋,写了新文体的小说,而我们常常忘记他们也是从江户时代走来。

在《涩江抽斋》里,兰轩已屡有登场。"抽斋的经学老师先有市野迷庵,后有狩谷棭斋。医学老师先有伊泽兰轩,后有痘科名家池田京水。"(第十二段)"兰轩名信恬,通称辞安。伊泽氏宗家是筑前国福冈城主黑田家家臣,兰轩为其分家,是备后国福山城主

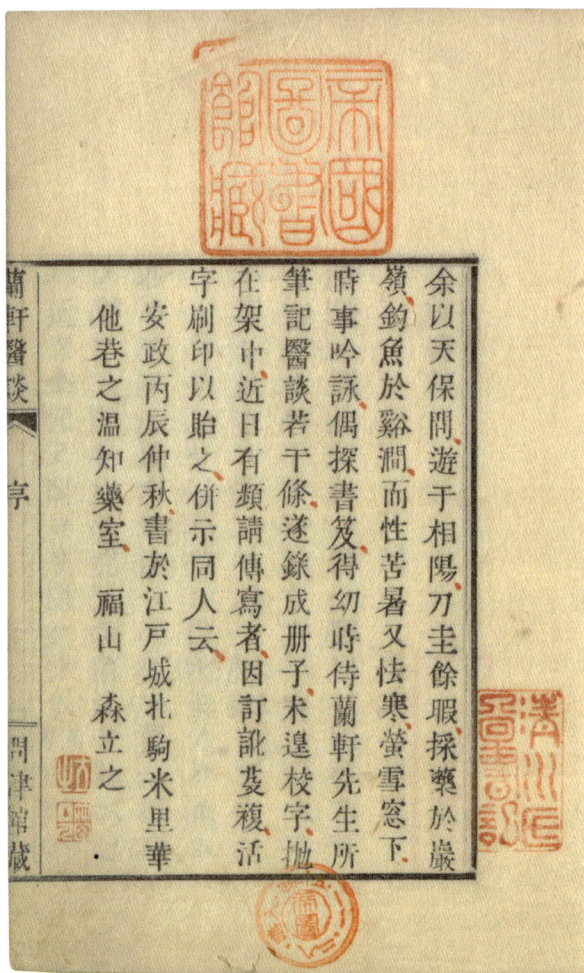

蘭軒醫談　　亨

余以天保間遊于相陽刀圭餘暇採藥於巖
嶺釣魚於谿澗而性苦暑又怯寒螢雪窗下
時事吟詠偶探書笈得幼時侍蘭軒先生所
筆記醫談若干條遂錄成冊子木遠校字抛
在架中近日有頗請傳寫者因訂訛芟複活
字刷印以貽之併示同人云
安政丙辰仲秋書於江戶城北駒米里華
他卷之溫知藥室　福山　森立之

問津館藏

日本国立国会图书馆藏森立之记《兰轩医谈》，钤"清川氏图书记"
朱文印

阿部伊势守正伦之臣。文政十二年（1829）三月十七日殁，享年五十三岁。因此在抽斋出生那年，兰轩正好廿九岁，住在本乡真砂町。"（第十四段）"抽斋最亲近的友人是多纪元坚。老师伊泽兰轩的长子榛轩也是同样亲近的友人。"（第二十一段）

兰轩是江户末期的医师、儒学家，与菅茶山、赖山阳、狩谷棭斋等均有交情，门人众多。《伊泽兰轩》是鸥外文学作品中篇幅最长者。其中二十九至五十四章据兰轩手稿本《长崎纪行》（富士川游旧藏）而作。文化三年（1806），三十岁的兰轩作为新任长崎奉行（江户时期由幕府派往长崎的长官）曲渊景露的随员，踏上了由江户至长崎的旅途。第三十六段写兰轩过滋贺的守山、大津，抵达京都。时值六月，天气闷热。旅行的第十七日，也就是六月六日：

> 余访寺町御池下町钱屋惣四郎（姓鹓鹪，名春行，号竹苞楼）。在主人家应对欢晤，甚为惬意。得观古物数种。所藏《大般若》第五十三卷零本卷子。神龟五年古钞，跋文中有"长王"二字。又古钞零本《玉篇》一本，边格上短下长（为延喜式图书令之度）。其里亦有装裱修补，为古抄本佛经，云"治安元年八月廿八日，以石泉御本写之已了。康平六年七月，于平等院奉受此经，佛子快算"。由右件年号可知为《玉篇》古钞本。古钞《孝经》八种，皆为古文。一部有后宇多帝花押，尤可珍贵。又《类编群书画一元龟》丁部卷之二十一古钞零本，有金泽文库印，为唐代所著。又《白氏文集》卷子零本三卷，会昌□年钞，为僧慧萼携来之本，亦有金泽文库印。

仏画のすすめ

仏 京都

京都

続・仏画のすすめ

今天的竹苞楼

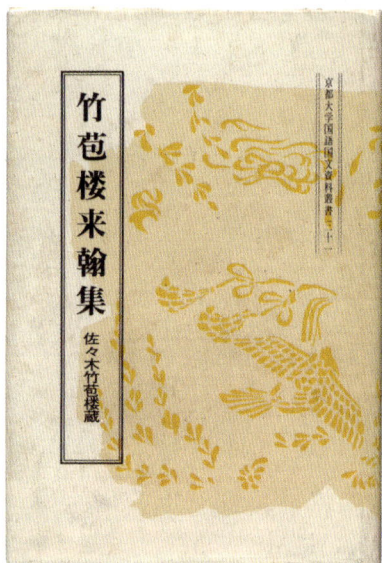

《竹苞楼来翰集》，京都大学国语国文资料丛书三十一，1982 年

又《太子传》全本，作"永万元年六月十九日书，借住圆舜"。又今出川内大臣晴季公（秀赖同代人）所带木鱼刀一把。皆古香馥郁。

　　兰轩访问的竹苞楼，是京都寺町通三条路口的一家旧书店，创业于江户初期，代代袭名"钱屋惣四郎"，距今有两百七十余年历史。曾在《京都古书店风景》里写过这家历史及现状，此处不赘。兰轩拜访的春行是竹苞楼第二代主人，鸥外小说中，称惣四郎姓"鹪鹩"，而今则通称"佐佐木竹苞楼"。《日本书纪》有云："鹪鹩，此云娑娑岐。"可知汉文词"鹪鹩"和文训作"娑娑岐"，亦与"佐佐木"音同。京大附属图书馆与爱知县西尾市岩濑文库均藏有一种《宋本鉴定记》写本，著者为二代主人佐佐木春行，校对者为四代主人春明，详记经手的宋版信息，卷二末识语署名"娑々岐春行"。鹪鹩一姓今已少见，大多转为同音且笔画更简单的"佐佐木"、"佐崎"、"笹木"等。由《竹苞楼来翰集》可知，在狩谷棭斋与二代主人春行的通信中，有时称对方为"鹪鹩惣四郎"，有时是"佐佐木惣四郎"，即知"鹪鹩"与"佐佐木"可以互用。这种同音不同字的表示法，在日本十分常见，也是一种文人趣味。

兰轩在赴任之旅中抽空拜访竹苞楼，不仅"欢晤甚惬"，还见到各种古钞旧椠，委实令人歆羡。神龟五年（728）《大般若经》是长屋王发愿书写的经文，又名《神龟经》。此外，长屋王还曾在和铜年间发愿书写《大般若经》，即《和铜经》。兰轩见到的唐写本《玉篇》残卷为卷九部分，早已被指定为国宝，经矶淳、川田刚、田中光显等人递藏，今藏早稻田大学，纸背为治安元年（1021）钞《金刚界私记》。1916年至1917年间，旅居京都的罗振玉曾将此本与福井崇兰馆、高山寺、石山寺等处所藏零本一同影印。《画一元龟》是成于南宋后期的大型类书，非兰轩云"唐代所著"。今宫内厅书陵部藏有南宋刊《类编群书画一元龟》残卷，共十八册。第十八册卷尾有仁正寺藩主市桥长昭文化五年（1808）将此本献上幕府之际所作跋文。而在《宋本鉴定记》中也有"画一元龟，阙本十八册，有金泽文库之印记"条目，详记乙部、丙部、丁部各卷条目及册数，与宫内厅本逐一吻合。更记阙笔信息，亦相合无误。兰轩当日仅见《画一元龟》写本，不知当时宋刊《画一元龟》是否已离开竹苞楼，去往市桥长昭处。反町茂雄在《江户时代古书肆礼赞》中感慨兰轩

1. 早稻田大学藏国宝唐写本《玉篇》残卷　2. 早稻田大学藏《玉篇》残
卷纸背的佛经卷尾跋语

此行眼福，说这些都是"令我等垂涎不已之物"，"无论哪一件都是今日应指定为国宝乃至重要文化财的宝书"。

小说第一百一十三段，还讲到宽政二年（1790）狩谷棭斋至竹苞楼访书事，第三十七段提到棭斋曾指出，《玉篇》残卷纸背并非以佛经修补，而是在《玉篇》残卷背面抄写佛经，这在日本自古常见。在鸥外创作这几部小说的年代，用他自己的话说，如兰轩、棭斋、抽斋等人，皆被当时日本主流学者忽视。热爱日本文学的人多会觉得这三部小说冗长无趣。而关心江户时代考据学的中国学者，一般不会留意鸥外的小说。这是鸥外最不广为人知、且在当时颇受诟病的作品，但读后便知他为此付出多少心血。"我为涩江抽斋、伊泽兰轩二人作传，欲极力处于客观立场。这是我敢于尝试的叙述法的一面。""前人传记或墓志有说及子孙之例。但不过是附记名字、存没等等。予反此例，早已将前代父祖事迹与其子孙事迹交织视之，不断其绪，欲保存组织整体，连续叙事，并及当世状态。""昔魏收修《魏书》，多载列传中人物之末裔，后为赵翼非难。然魏收曲笔之在当代，有故旧如我。"鸥外是抽斋、兰轩的异代知己，而鸥外的异代知己，也许难在近现代文学爱好者中寻觅。对鸥外史传有共鸣的，必然熟悉抽斋、兰轩的学问，并理解他们所处时代的学问。

1918 年，时任图书寮图书头（图书寮原为日本律令制中管理藏书的机构，明治年间新设。最高管理者即图书头）、帝室博物馆总长的鸥外于秋天正仓院开仓展览之际，往奈良出差。其间抽空到京都，看博物馆，去和服腰带店为妻女定制礼物，造访著名的中文书店汇文堂。这在他的日记以及给妻女的信中都有记录。1919

年 11 月 1 日，鸥外又到过一次汇文堂。竹苞楼与汇文堂相距不远，不知鸥外可曾顺道访书？如今竹苞楼第七代主人春英先生年事渐高，幸好春英长子英一早已决定继承家业。而汇文堂却门庭萧瑟，生意清冷，令人叹惋。

2014 年 2 月 17 日

清风馆与泉屋博古馆

　　京大本部校区西侧的小巷内，有一座清风庄，平常门庭紧闭，偶尔接待宾客。前几年，听说这里被评定为重要文化财，只有特定时期才开放参观。清风庄主体原为江户时代德大寺家的别墅清风馆，明治年间转至住友友纯名下，又成为友纯兄长西园寺公望的别邸，

自从 2012 年清风庄被评为日本国家重要文化财以来，便不再对外公开，仅偶尔供校内召开学会使用。四围林木森森，是闹市中的别样清幽之地

并加以修整、改造，乃成今日之貌。西园寺公望去世后，清风庄为住友家管理。后因公望曾致力创建京大，遂于1944年将之赠予京大。一向对西园寺公望和住友友纯颇感兴趣。二人一母所出，相差十六岁，公望为德大寺公纯次子，幼年即过继到同族西园寺家，并早早继承家业。住友友纯是公纯第六子，出生时兄长皆已入仕，诸姊多也出嫁，自小便养在父亲身边。

自公纯的父亲起，便开始构筑清风馆。当时，这一带还叫做爱宕郡田中村，野趣盎然。清风馆之名，是儒者伊藤东峰所起。东峰是古义堂堀川学派伊藤仁斋之后。德大寺家承古义堂之学，公纯七岁时即入其门下，西园寺公望的汉学启蒙自然也本自此系统。江户时代，公家子弟的教育不同于武士家，修习儒学、日本国学之外，还要学习和歌、神学等科目，且有各家尊崇的学派。比如德大寺家，儒学师从古义堂派，国学是竹内式部一派，和歌是桂园风，神学为正统派神道。学习这些并不是晋升仕途的必要条件，很多时候只是"无用之学"，不过是为培养公卿贵族的教养与情操。如果不是身处时代巨变，公望与友纯很可能就成为他们父祖辈一样的富贵闲人，在山紫水明的古都吟咏消磨。当然，他们的父亲公纯也早被裹挟入变革的旋涡。明治二年（1869），新政府推行中央集权的版籍奉还，公卿与大名合称华族，迁往东京。公纯是保守的攘夷派，虽然德大寺本家已在东京落脚，他却坚守京都，拒绝东行。因此友纯在明治十七年（1884）进入学习院读书之前，一直随父亲生活在清风馆。

与早早剪发着洋装、留法十年的西园寺公望相比，父亲公纯完全是守旧派。据公纯日记可知，蛰居清风馆的公纯仍用旧历，拒绝使用西历。他保留旧时衣冠，元旦甚至还要持笏板祭拜诸神，他身边的子女侍从也都作旧日装束，文明开化的风气被清风馆拒之门外。

友纯在清风馆内度过了与世隔绝的童年与少年。春来采摘自家庭前茶芽，与酷嗜茶道的父亲制茶、品茶。去近郊寺庙采撷问荆（日文曰土笔）。五月看贺茂神社的赛马。初夏在鸭川捕鱼、饮酒。暑气蒸腾时，以青梅三升酿造梅酒，廊下适有兰花。七月半，木槿花发。十六日夜，盂兰盆节，五山送火。"黄昏，诸山如例焚火字。瓜生山顶大字近来未曾如此明晰可感也。以石钵写大字入水，一掬饮之，为夏病咒。于清风楼下，对满月一勺。"友纯与姊妹们模仿父亲，掬饮石钵内倒映着大文字山火的水，以此祛病除厄。秋初十六夜，满十六岁的贵族公卿子弟要赏月。清风馆内，友纯也举行过此礼。高脚木盘上置大馒头一只、胡枝子筷一双。以筷穿透馒头，双手捧起，通过小孔望月——这些风俗，如今皆消逝无闻。

公纯对友纯的启蒙教育很是留心，从中也可窥见德大寺家的家学谱系。如友纯的启蒙读物是德大寺家传本《日本书纪》与《诗经》、《尚书》。其后公纯亲授《续日本纪》、《日本后纪》、《续日本后纪》、《大日本史》等日本国学书目。同时请儒学家教授《国语》、《左传》。十六岁读《大学衍义补》，并学作和歌，公纯在夏天拟题"夕颜"、"夏尘"、"待七夕"，秋天是"秋恋"、"田家秋兴"、"每年爱菊"，冬天是"冬五十首"、"寒三十首"。又读《唐律疏议》，并与其时恰在京都的四兄威麿共读《战国策》、《史记论文》。公望留法期间，公纯恐西园寺家子嗣薄弱、后继无人，遂令四子威麿过继为公望的养子。弟为亲生兄长养子，是所谓"顺养子"制度。一般是在兄长无子或子嗣年幼的情况下，为保家系不断，以弟弟充作养子。若兄长之子养成，日后则为弟弟的养子，也就是下一代继承人。此种养子制度已不见于日本现行民法，但在江户乃至明治年间，却很常见。这位威麿挥霍无度，行为不端，后被西园寺家除籍，又不容于德大寺家，最终只好承袭地位不高的母家之姓。十七岁，友纯开始读《唐宋八大家文读本》。就书目而言，是很正常且传统的"和汉兼修"。

明治十六年（1883），友纯二十岁，父亲去世。友纯在东京为官的长兄德大寺实则将清风馆内的家人全部接到东京。次年，友纯入学习院读初等中学科，清风馆往事恍如隔世。八年后，友纯自学习院退学，成为住友家的养子。次年为住友家第十五代继承人，致力发展实业。在当时，华族与平民联姻虽非罕事，但名门德大寺家与大阪实业家结亲，还是很令人侧目。同样，住友家选中德大寺家，也颇费一番心思。不敢找实力雄厚的实业家，怕埋下被吞并的危机。不能找地位太普通的公家，于挽救住友家危局无甚助益。友纯的出身正好合适，他接受命运的过程似乎十分平静，事实证明他也很有经营才能，引领住友家跻身四大财阀之列。

然而，清风馆的熏染对他的影响还是难以磨灭。中年以后，他以春翠之号与兄长、友人酬唱往来，喜爱收藏书画、茶器、盆栽、青铜器。这些藏品今为泉屋博古馆的重要部分。其中，青铜器收藏受内藤湖南指点，庞大丰富，最受瞩目。泉屋之名，是以铜业起家的住友家江户时代已有的屋号。

明治四十四年（1911）至大正五年（1916），友纯刊行《泉屋清赏》六册。大正十年（1921）至十二年（1923）刊行《删订泉屋清赏》

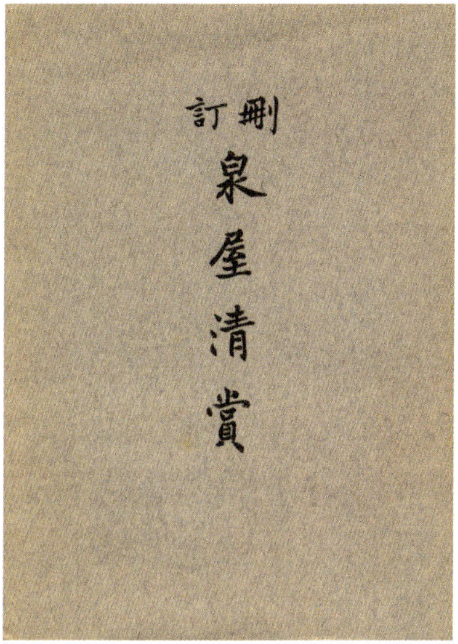

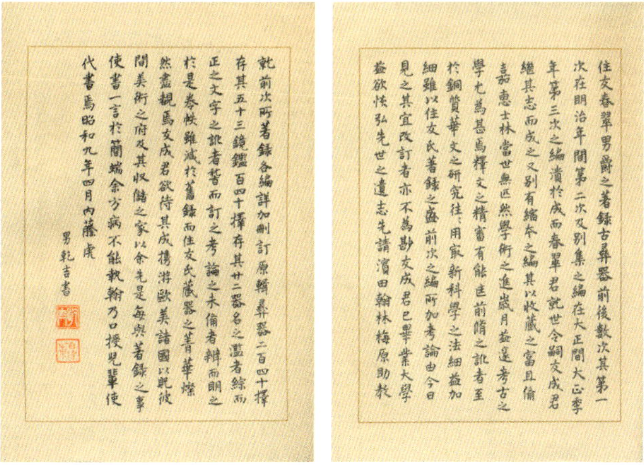

住友春翠男爵之著錄古彝器前後數次其第一次在明治年間第二次及別集之編在大正間大正季年第三次之編潰於成而春翠君就世今嗣友成君繼其志而成之又別有縮本之編其以收藏之富且備嘉惠士林當世無匹然學術之進歲月益邃考古之學尤爲甚焉釋文之精審有能正前脩之訛者至於銅質華文之研究往往用家新科學之法細益加細雖以住友氏著錄之盛前次之編所加考論由今日見之其宜改訂者亦不爲尠友成君已畢業大學益欲恢弘先世之遺志先請濱田翰林梅原助教

就前次所著錄各編詳加刪訂原輯彝器二百四十擇存其五十三鏡鑑百四十擇存其廿二器名之濫者綜而正之文字之訛者皆而訂之考論之未備者辨而明之於是卷帙雖減於舊錄而住友氏藏器之菁華燦然盡覩焉友成君欲侍其成携游歐美諸國以貺彼間美術之府及其收儲之家以余先是每與著錄之事使書一言於簡端余方病不能執翰乃口授兒輩使代書焉昭和九年四月内藤虎

男乾吉書

1
2

1.《删订泉屋清赏》书影　2.《删订泉屋清赏》卷首内藤湖南序文，其子乾吉代书五册（彝器部三册，鉴镜部二册，内藤湖南、泷精一编订，滨田耕作、原田淑人考说）、别集《陈氏旧藏十钟》一册，并将之赠予瑞典皇太子。泉屋家的青铜器收藏，更为世界所广知。大正十四年（1925）刊行《增订泉屋清赏续编》，次年春翠去世，葬于京都清凉寺，碑文为西园寺公望所书。

春翠长子宽一因醉心宗教、艺术，无意继承家业，早已废嫡，次子友成成为住友家十六代继承人。宽一专注收藏明清之交的文人书画，后也收入泉屋博古馆。昭和九年（1934），友成主持出版《删订泉屋清赏》，内藤湖南监修并作序，滨田耕作、梅原末治编辑、解题，水野清一校正。其始末详见于内藤序文（未收入全集，仅见全集第十四卷著作目录）及友成跋文。其时内藤已病重，口授其子乾吉，令之代书。两月后，内藤离世。1971 年，出版梅原末治编《新修泉屋清赏》二册，仍由乾吉题签。《泉屋清赏》系列的编纂，可视为春翠兴趣、财力、交游三者合力的高潮。

春翠去世前几年，在京都鹿之谷新筑别墅有芳园。不过并未定居于此，而是辗转东京、大阪等各地，以住友家继承人的身份度过了一生，恐怕也不曾有暇去清风庄与公望叙旧。关西一带的很多收藏，不少来自清末中国外流的文物。因其时日本学者于此特别留心，又有实力雄厚的财团支持，一时风气蔚然，每令人感慨。收藏之事，仅凭一代一人之兴趣与心血很难维持长久，非有专业管理、财团支持不可，方得传诸后世，泉屋博古馆便是很好的一例。

2015 年 3 月 30 日

古琴碑

　　春初以来，常至黑谷金戒光明寺散步，光阴匆匆，已是满城梅雨。墓园阔大，若按日本史、学术史、医学史、艺术史、军事史等几个题目寻觅线索，钩沉归类，应该很有趣。每番过去，总有所得。1922 年，山本文华堂曾出版乡土史学家寺田贞次著《京都名家坟墓录》上下二册，附略传并碑文集览。1976 年由村田书店再版。此书以区域为大别，分列各寺庙名人墓所，注明位置、略传、碑文。不过成书较早，昭和以来人物皆不在其列。竹村俊则所著《京都墓碑巡礼》（『京の墓碑めぐり』，京都新闻社，1985 年）可稍补此憾，但此书内容单薄，只收名人，体例亦不如前者。小川善明的两册《京都名墓探访》（洛东编）很不错，图文说明之外，附有细致的手绘访墓图。小川善明在访墓爱好圈内很负盛名，足迹遍布全国墓所，与各处寺庙住持交谊深厚，可谓专业扫苔家，2011 年以来组织京都墓园巡礼，追随者颇夥。

　　某日闲步墓园，忽见一方墓碑，镌有古琴一张，样式特别。碑额书"中兴之祖"，琴上书"矢田雨窗翁墓表"，想是琴人无疑。碑左侧有铭文，述其生平："翁名吉贤，通称德右卫门，号雨窗，生于土岐氏，嗣于矢田氏。性温藉谦退，不慕荣利，不好华美。尝学

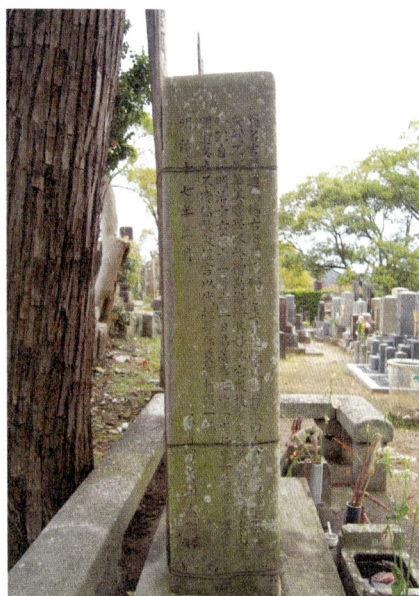

1. 某日闲步墓园，忽见一方墓碑，镌有古琴一张　2. 古琴碑左侧的铭文

琴于僧鸟海，臻其妙。其它众技，靡不兼综。晚年栖迟东山，吟弹自乐。明治十六载十一月十二日易箦，寿七十一。世行事可录者多。嗟，良朋逝矣，岂不凄然。敢叙短言，以代挽哥。辱交河村与一志。明治十七年二月，不肖男矢田太郎谨建。"

殁于明治十六年（1883），寿七十一，则生年在文化九、十年间（1812—1813）。僧鸟海，即鸟海雪堂（1782—1853），又名惠源、痴仙，号鸟海山樵、鸟海山人，生于山形县饱海郡青塚愿泉寺，入酒田净福寺学僧公岩门下，后继承父亲的愿泉寺，为第六代住持。因不喜僧侣生活，自称耳聋，将住持之职让与弟弟，携妻远游山阴、山阳、长崎、尾张等地。在净土真宗光永寺第八代日藏上人莲庵处习得琴曲十三支，又至伊势津藩（今三重县）琴师永田萝道（1750—1826）门下学琴。萝道师从小野田东川（1684—1763）门人杉浦海岳（1734—1792），是关西琴学的重要支柱。随后，鸟海又向江户安养寺琴社主人儿玉空空门人村井泰翁学琴，其后定居大阪，门人众多。片山贤（1796—1853）著《鸟海翁琴话》（岸边成雄、稗田浩雄、坂本守正译注，冬青社，1985 年）及岸边成雄著《江户时代琴士物语》（『江戸時代琴士の物語』）对鸟海生平及门人有详细介绍，但并无矢田之名。惟后者"京都琴士"一节有"矢田胜成，通称矢田德右卫门，三条堀川，琴师不明"一句，引自庆应三年（1867）刊本《平安人物志》。可见矢田学于鸟海翁门下一事并不为人熟知。

雨窗墓碑右侧，有一座稍小的石碑，云"矢田梦蝶之墓"，碑左侧云"明治二十三年十一月一日没，俗称太郎"，知为雨窗之子。

墓碑后并立杉树两株，已蓊蔚入云，不知是否为矢田家人手植。观碑后卒塔婆记录，最后一次扫墓似为平成二十三年（2011）十月二十三日，署名有矢田家人，还有一位中井氏，似是大阪的医生，不知与矢田家有何渊源。碑文中的河村与一是京都人，编纂有《日本外史古战场概图》、《日本外史字类大全》，勤于校书，其人生平亦未详，仅见撰著后署名"京都平民"而已。

中国琴自古便多流入日本，如正仓院的开元二十三年金银平文琴、法隆寺旧藏开元十二年琴、严岛神社藏仲尼式琴、小畑松坡家藏淳熙十六年刘日新作仲尼式琴。明琴较多，京都诗仙堂的石川丈山在东皋琴学流传之前，已得陈眉公琴一张。古琴在日本一直很小众，真正谈得上略成规模，还要等到江户时代，与书画并为日本文人追慕中国士大夫风雅的一种修艺。当时文人的标准爱好，还有养生、本草、茶道、古董等。琴学系统源头大约有东皋心越禅师及长崎渡来中国人（最著名的是朱舜水）。以京都文风之盛，自然琴人麋集，据岸边成雄稽考，约有六十余人。近人内藤湖南、吉川幸次郎等虽不习琴，但皆藏有名琴。

后来也数番流连这古琴碑前，可惜难考这位矢田雨窗的余事。湮没无闻者何其多，有"栖迟东山，吟弹自乐"八字，已尽得风流，也可略想昔日旧都的文人趣味。黑谷墓地还葬有一位琴人：橘南谿（1754—1805）。其人本业习医，久居（今三重县）人，旧姓宫川，自幼修习汉学，十九岁至京都学医，游历四方，任职宫中，著有《痘疮水镜录》、《伤寒外传》、解剖书《平次郎脏图》等医书，纪行文《西游记》、《东游记》，琴书《琴学杂志》，亦擅斫琴，有琴传世。墓地在文殊塔东南，碑云"南谿院殿阳岳义明禅定门"。

刚来京都时，为友人嘉庐君寻找岸边《江户时代琴士物语》一书，四处不得，到某琴学论坛询问。不想一年后，得到青年琴士早川君的回复，当时他还在京大读中国古代文学，不仅惠赐全书复印件，还亲奏《潇湘水云》、《渔樵问答》、《龙翔操》等曲。如今京都有畴祉琴社，主人伏见无家昔于镰仓主持琴社，前年转居京都。我有同学在他门下学琴，我曾也动心，但并没有去过。

2015 年 6 月 29 日

补记：

2018 年 7 月 30 日，友人嘉庐君携眷游京都，当晚便同往紫云山中看古琴碑，月色皎净，双杉并立。远处城中灯火璀璨，近处湖水幽明，莲花摇曳。次日午后与嘉庐君夫妇拜访畴祉琴社主人伏见先生，弄弦清谈，喜乐如遇故友，转眼至黄昏。此后又访古琴碑，夕阳下群山迷离闪烁，仿佛扑满金粉。嘉庐君赞叹云，必然是很爱琴，才会将自己的墓碑做成这样。

2019 年 2 月 19 日

林谷、津田为何人

偶读叶扬《"一坨扶海足躬耕"：记张謇》，提及郑孝胥1894
年初在神户总领事任上自录诗稿一部，最后一页左下角有两方朱红
阴文闲章，为日本篆刻家作品，日记有载。一为长尾雨山赠"日本
林谷刻印"，文曰"抚孤松而盘桓"；一为津田竹堂所作，曰"天道
自然"。叶云"林谷、津田生平不详，待考"。因为二人在日本印人
中颇有名，故检书钞录，稍作补充如下。

林谷，即细川林谷，中井敬所著、大正四年（1915）刊《日
本印人传》云：

> 细川林谷，本姓广濑氏，名洁，字瘦仙，一字冰壶，通
> 称春平，后更俊平。林谷其号，又有林道人、忍冬菴、三生
> 翁、白发小儿、天然画仙、不可刻斋、有竹家等号。赞岐人，
> 少受篆刻于阿部良山，笔力劲健，唾手而成。壮岁有探奇之
> 志，飘然辞乡，抵于长崎，汗漫历年，周流无方。久留京都，
> 竟住江户，篆刻见称宇内第一。天保六年春赴长州，途与阿
> 部缣洲相见。留才一日，时浪华词人墨客，渴望其篆刻者，
> 皆就缣洲谋之。日待还到之日，乃可获焉。闰七月林谷便至，

海山盡道是蓬萊悵望羣仙去不回偶約尋春向江
戶又疑失路入天台玉顏一隊寗連雲出金井千株
枕水開應念此花太岑寂長教我輩畫中來
決壁施窗豁然見海題之曰无悶
海天在我東胡為伏暗室容忍久不決奇境真坐失
庸流那辨此此秘待余發君看五尺地概若收溟渤
閒來一榻棻意氣與天逸滔天自橫流而我方抱慄
窗閒獨偃蹇萬象繞詩筆暨作事眾猶懔
前身疑幼安遨世送日月

郑孝胥自录诗稿最后一页，左下角两方阴文印为日本篆刻家作品（见叶扬《翰墨风流》）

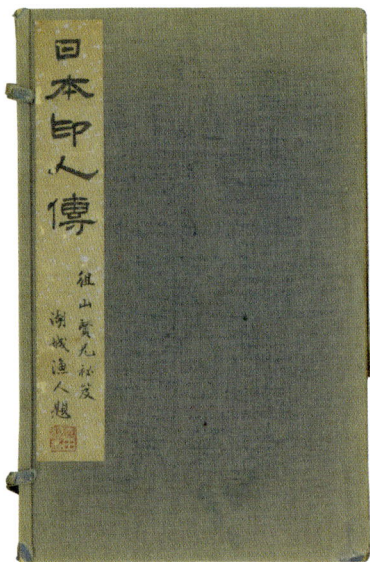

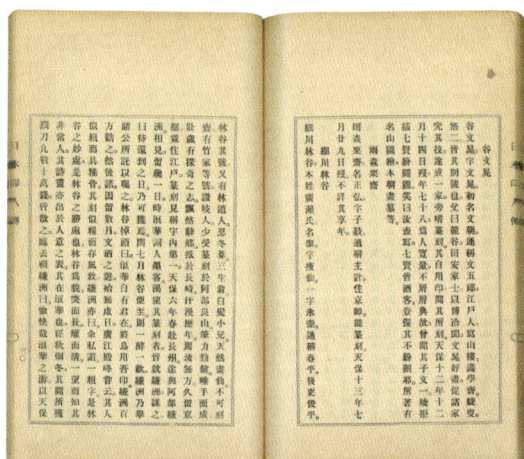

1.《日本印人传》书影 2.《日本印人传》中的细川林谷传

则一醉一欢。缣洲乃举诸公所托以嘱之。林谷掉头曰：浪华自有君在，将乌用吾印。缣洲百方劝之，然后诺，因留数月。文酒之游，殆无虚日。广江殿峰尝云：其人似粗而具雅骨，其刻似粗而存风致。缣洲亦曰：余私谓一粗字，是林谷之妙处，是林谷之胜处也。林谷为貌，突而长，癯而清，一望而知其非常人。其诗画亦出于人意之表。其在浪华也，经秋弥冬，其间所获润刀凡数十万钱，皆散之。临去顾缣洲曰，愉快哉浪华之游。以天保十四年六月十九日，殁于江户，年六十五。林谷在京日，筑山房于灵山下，耽其景胜，无几弃去。及住东都，其居住在衮衮马尘中。追思曩日，自写山房图，系以其杂咏，揭诸楣间。又性最爱竹，尝曰：竹，吾性命系焉。其游踪所到，地有竹必留焉，家有竹必访焉。遇其奇者，或乞之，辛苦培养，以付行李，或运输以送其家，其风流率此类。

（页二九至三一）

津田左右吉旧藏《林谷山人印谱》有门人小林信 1828 年初《一条铁小引》：

> 林谷先生以篆刻名江都二十年，其可谱以为法式者，不为不多。是编名曰一条铁，实千百中之一二耳。

又山田梅村 1872 年 4 月跋有云：

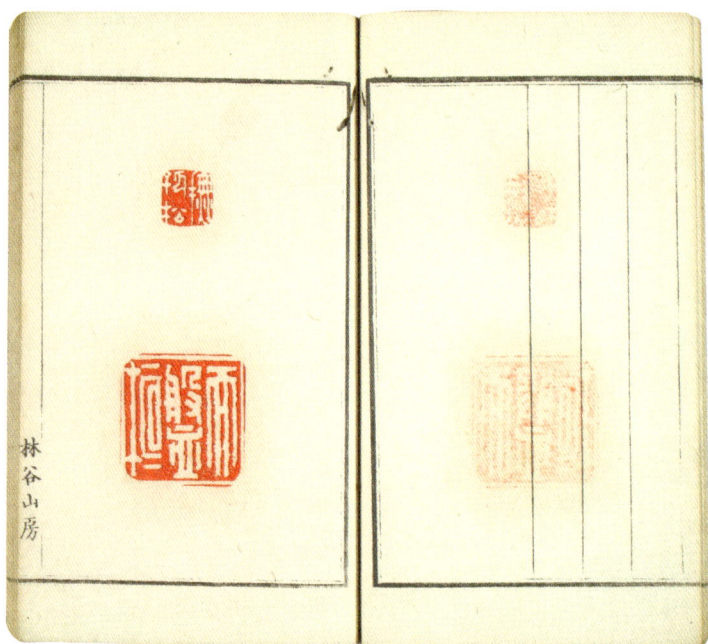

《林谷山人印谱》中的"抚孤松"、"而盘桓"印

    林谷山人此刻，盖为其晚年得意之作。其友松雨井君近并此谱及印林获之回，摹雕题字，并小照等，复作谱以颁同好。抑山人技名固不待此谱而后传，然一条铁笔，亦其心画也。乃使览者有所追想山人胸次磊落天真烂漫矣。

    观此谱，有"抚孤松"、"而盘桓"两方连文印，异于郑孝胥所用者。又明治年间尚古斋存版《补刻归去来印谱》二卷（佐藤砚湖补刻），与前述印谱又不同，惜仅见香川县立图书馆公开之上卷，未见下卷"抚孤松而盘桓"文，不知与郑所得者是否相同。

郑与赠印的长尾雨山之交往，已见各种研究。樽本照雄著《初期商务印书馆研究》（增补版，清末小说研究会，2004年）第二章有《雨山长尾槙太郎》一文，其中"长尾雨山与郑孝胥"、"日记中的长尾雨山——日清战争为止"两节可参考。长尾著《中国书画话》（筑摩书房，1965年）书末有吉川幸次郎的解说，云白鸟库吉、服部宇之吉、桑原骘藏是以西洋之法研究、批判中国文明，而长尾甲、内藤湖南、狩野直喜更热爱的，是中国原有的方法。据说，长尾雨山初访公使馆，黎庶昌怜其衣衫单薄，长尾对曰：寒士惯寒，哪怕衣单。传为佳话。郑孝胥亦赞其诗"笔意俱好，可以造就"。

林谷与郑非同时代人，而津田竹堂则与郑有交谊。如1891年12月24日，郑孝胥日记载："刻印者津田竹堂来，告余曰：芝区爱宕山下，今日岁市所集，盍往观之。"

篆人之外，津田竹堂更重要的一重身份是俳人。大矶义雄著《芜村、一茶之周边》（『蕉村　一茶その周辺』，八木书店，1998年）引《新选俳谐年表》："津田氏，夜半亭七世，号竹堂，东京人，能篆刻。"夜半亭，即江户时代俳谐的一个流派，一世为早野巴人，师从蕉门十哲之一的宝井其角，号夜半亭宋阿。二世为与谢芜村，三世为高井几董。津田继承夜半亭七世，在明治七年（1874）三十五岁时。其自述云：

> 津田氏，俳名初为石云、梦外，后改本名，通称重胤，字曼生。播阳明石藩士。幼入月之本为山翁之门，为学俳句，屡有游历。维新以后，志在漫游海内，以篆刻助此，终成本

业。则其号云竹堂（中略）余暇以俳谐为娱。然明治元年一月，于东都中桥桶町一丁目月之本庵中，与先师为山翁约定，他日让与别号梅之本。同年二月至西都，时就老俳伴水园芹舍、五仲庵有节、大草园文海、阪府花屋庵左翁等各家问俳事。（中略）明治七年一月再游京都，当时应旧友之请，明治七年十月十二日，于西阵芭蕉忌会席，继承本亭七世，是有旧缘也。

明治三十五年（1902），津田将夜半亭之号传与八世。继承仪式上，将本门先祖遗物、本门派系图、本门创作口述资料等传给下一代。明治、大正以后，俳人聚散离合，流派纷呈，已非昔日简单几种门派可容纳。

《泊园文库印谱集》（吾妻重二编，2013年）中收有津田两方印，一为"藤泽恒印"，边款"曼生"；一为"南岳"，边款"竹堂田胤，曼生刻"。泊园文库为藤泽东畡、南岳、黄鹄、黄坡家族所设泊园书院之藏书，现存关西大学。南岳，即东畡长子藤泽恒，字君成，号醒狂、香翁。1893年3月23日，郑孝胥日记："长尾雨山偕其友黑幕钦堂名安雄者来，谈至薄暮。长尾欲饯余，谢却之。二人言西京文士，其所知者大阪则藤泽恒，号南岳，能古文。五十川圳堂，亦能古文。神户则水越成章，号耕南，善诗；龟山节宇，亦能诗。西京则江马天江、小野湖山，皆能诗。"6月4日："藤泽恒来，赠所著《修身新语》一本、照相一枚。"可知郑孝胥、津田、南岳三人互有交集。

郑孝胥在东京、神户任职期间，多与日本官员文士结交，其中汉诗人、书家来往最多。日后寓居海上、辗转南北，也未断联系，所遗笔墨甚夥。因此常在关西各博物馆及书画店见到他的作品。某次在笔店香雪轩见到他一幅字，录王安石咏扬雄诗："长安诸愚儒，操行自为薄。谤嘲出异己，传载因疏略。孟轲劝伐燕，伊尹干说毫。叩马触兵锋，食牛要禄爵。"问主人家得来因缘，主人笑说不太清楚，又道，他的字，我们家应该还有几幅，都是父祖传下。香雪轩是谷崎润一郎《疯癫老人日记》中竹翠轩的原型，素为京都文人墨客所爱。店内还有武者小路实笃、长尾雨山题写的匾额。主人态度极善，说我有空可以过去小住，细听掌故。不过这样的清闲迄今还不曾有过，再者杂事繁冗，写字画画益发不可能，也不太用得着去笔铺买笔了。

2015 年 9 月 18 日

香雪轩内景，正中匾额为长尾雨山所题

長安諸愚儒
橫行自為薄
傳戟困疏略
孟軻勤戈遂伊
尹干說亮
叩馬觸兵鋒
食牛要祿餐
李賀

香

不動心

智慧を積む寺
智積院
Chishakuin

美顔

福を招く寺
東福寺
Tofukuji

落英泛流水　點々飄霞
為有問津者不折……種樱

画面当中是中村不折墨迹

黑谷访墓

　　平常散步，从学校翻过吉田山，至真如堂。若时间充足，可继续南行，就到了阔大的金戒光明寺，本地人习称"黑谷"。这一片区域都叫黑谷，与白川相对。金戒光明寺为净土宗寺院，位阶很高，信众无数。寺内塔头众多，有些可以进去散步，有些则谢绝访客。小庵小院内，花木扶疏，有大莲花缸，初夏花盛，惹人门外驻足。住持与家人居住在一起，很温馨，生活气氛也很浓郁。此处地势高于城内，立在钟楼边，能看到大半个京都，适于远眺夕阳与夜景。

　　金戒光明寺曾是日本近世史上一段凄壮往事的舞台。十四代将军德川家茂命会津藩主松平容保任京都守护职，负责维持京都治安，实为监视皇室动向。松平容保率一千家臣到京都，将本阵驻扎在金戒光明寺。大政奉还后，倒幕派的萨摩藩与长州藩控制京都，幕府派的会津藩自无容身之地。两派于京都南郊鸟羽、伏见一带交火，幕府军告败。作战中死去的会津藩士再也不曾返回遥远的东北故乡，便收葬在金戒光明寺内。今日，在大殿东侧巨大的紫云山墓地中，有一片"会津藩殉难者墓地"供人凭吊，纪念碑前堆叠了许多千纸鹤，还有"鹤之城"（会津若松城）的相片。紫云山，又曰黑谷冈，东面陡峭，西面平缓铺展，共安置一万余座墓碑。黄昏时，夕光呈金紫辉煌之色，涂染满山。京都恐怕没有第二处地方，可以见到这幅光景。

京都名人墓地很多，百余年前，汇文堂已出版过《平安名家墓所》，载明某某名人葬于某某寺，方便好事者按图索骥。网上也有人编了各种扫苔录，供人探索。对于凭吊名人墓地的行为，一般态度都很宽容，并无特别忌讳，大河剧片尾也常介绍片中某人葬于何处，方便好事者寻访。小津安二郎在镰仓圆觉寺的墓，访者不绝。去年8月，也曾到圆觉寺，徘徊墓园外，还是没有进去。我虽很喜欢小津，但对他谈不上多深刻的了解，不敢贸然拜访，故作亲近，更不必有墓前饮酒之类的风雅事。小津许多海外的影迷辗转到此，供奉清酒或香烟，也很好。究竟什么做法是妥当知礼，倒也并无定规，心意诚恳就好了。

1955年12月，郭沫若一行访日，在京都短暂的三天，就作了探访内藤湖南、狩野直喜、桑原骘藏之墓的安排。内藤葬在有谷崎润一郎"寂"字碑的法然院，而狩野、桑原则葬在黑谷紫云山。

迈过寺内莲池的极乐桥，面前有一条石阶，直通山顶文殊塔。道旁石碑林立，有路标："文殊塔东北二十间许有山崎闇斋坟墓"，"竹内栖凤先生墓，文殊塔前左行七十步"。旧冢、新冢交错，还有久无人祭扫的废冢，将墓碑集中一处，堆得很高。江户时代的墓，大半是个人墓或夫妇合葬，今日常见"某某家先祖代代之墓"、"某某家之墓"的家族墓，是明治之后才广泛流行。这也是人口膨胀、土地紧张的结果。若檀家中断给菩提寺的供养，乃至中断联系，寺庙用地又紧张，该墓遂成废冢。每家寺院墓地都有存放废冢墓碑之处，

1.櫻云轻笼下的"会津藩殉难者墓地" 2.法然院内藤湖南夫妇墓

　岁华一枝：京都读书散记

碑文漫漶，苍苔遍布。要说披剔榛薛、看碑访古的习气，在日本也是古已有之。尤其是京都一带的金石文字，于古史渊源最深，很早就有学者关注，有不少书可资参考，某日等公交车时曾买过《京都古铭聚记》，附有索引，颇便使用。

　　沿途细看碑文，有云："这个孩子来到世上两年，随风而去。家人都爱她，想念她。"有云："吾母温柔善良，信州人士，抚育我兄弟姊妹五人，含辛茹苦，终年八十五。"有云："世代皆安眠于此，守护家族每一个人。"有云："法师一生持善念，欲渡众生。"有一座比较特别的墓碑，塑一手顶一石球，云："此傀儡冢是也，纪念被人类赋予灵魂的人偶们。"想到北山宗莲寺纪念被砍伐之杉的杉冢，大阪四天王寺纪念花道用材的花冢，常照寺埋葬天下名妓、第二代吉野太夫腰带的腰带冢。

　　走到文殊塔前，回望城中风景，若是夕照正盛，满眼阴影逆光，撼人心魄。紫云山周围遍植松、樟、杉、竹，风起时，枝叶摩挲，汹涌如潮。更有漫山无数卒塔婆叩击墓石，不绝如缕，好似亡魂私语。

　　文殊塔北侧不远，有京大第一任校长木下广次之墓，相邻不远，是狩野直喜家族墓。据嫡孙狩野直祯回忆："小时候，时常被祖父带着上坟，也总要同时参拜木下家族的墓地，并被告知，'这是大恩人的墓地'。直到现在，还保持着小时候的习惯，到了黑谷墓地时，总不忘在木下家族墓前默立一会儿。"狩野直喜墓碑云"狩野君山先生　夫人福岛氏　墓"，碑后铭曰："先生讳直喜，字子温，号君山，熊本人，明治元年二月十一日生，昭和廿二年十二月十三日逝世。系事迹具于谱传　元配田屋氏，墓初在熊本，今祔焉。"

文殊塔前又一路标："闇斋先生茔域东距三十步许。"顺利寻得，墓石上有"山崎嘉右卫门敬义之墓"。山崎闇斋是江户前期的京都的儒学家，信奉朱子学，讳嘉，幼名长吉，字敬义，通称嘉右卫门。左后方为闇斋父母的墓碑，"山崎净因出士之墓，妻佐久间氏祔"。此外尚有"於玉娘之墓"、"於鹤娘之墓"，仅记俗名，不录姓氏，想是山崎家的女儿。闇斋三十六岁时娶神道家鸭脚氏的女儿为妻，自己也转而研究神道，创立垂加神道一派，极强调尊王思想及大义名分，对幕末的尊王思想产生很大影响，是其重要的思想资源。因此明治维新以来，闇斋被追为爱国诗人、爱国学者，诸如《伟人事迹》、《壮士必读》一类的书里都有关于他的记载。1928 年，正大力吹捧"皇室中心主义"的德富苏峰为参加昭和天皇在京都御所举办的登基典礼，顺道来关西旅行。登基典礼结束后的 11 月 14 日，他来到紫云山中拜谒闇斋墓。在他看来，闇斋是一位清楚认识到自己负有领导日本之责的人，由禅入儒，复由儒入神道，其尊王思想经诸弟子传入各地，是促成维新成功的基础。

继续北行四十步许，即竹内栖凤夫妇墓。认识的国内朋友多不十分喜欢他的作品，究其原因，还是因为我们以为日本画与中国画太像，不离"模仿"。虽然近代以来的日本画不论题材、表现手法、用具都作出很大创新。当然京都人对竹内栖凤很有感情，几乎每年都有他的画展，旧书店、拍卖会偶尔亦能见到他的作品，是"本地人"的骄傲。高产的画家，与高产的作家一样，很难件件精品。看画家全集，确有审美疲劳。纵然如此，也依然喜欢栖凤的画——除了那幅活灵活现的花与蛇，几次猝不及防翻到，都吓一跳。

1. 木下广次夫妇墓　2. 狩野直喜夫妇墓

山崎闇斋家族墓

竹内栖凤夫妇墓

桑原骘藏家族、小川琢治家族也安眠于此。这两处都不太好找，线索很少。去了几回，才偶然路过桑原家墓地。那一瞬又想：自己并不熟悉先生的著作与思想，如此唐突造访，实在鄙俗可恶。

小川氏出身和歌山，在京都没有菩提寺与先祖墓地。小川家代代先祖的墓地，在和歌山市的万性寺。琢治的父亲驹橘是纪州藩士，是福泽谕吉创设的庆应义塾最早的一批学生，专业是英语，毕业后曾任内务省官僚，当过长崎师范学校校长，最后进横滨正金银行，当了二十多年的银行职员。但在贝塚茂树的回忆录里，祖父虽然在福泽谕吉的学校里接受了市民教育，但心境却完全无法脱离武士阶级的精神，因此难以应对明治时代急遽的社会变化。因此在儿孙们眼中，驹橘的一生可称不遇。后来，琢治到京大教书，整个家族都搬到了京都，这在贝塚茂树、汤川秀树的回忆录里都有提及。琢治想在京都寻觅新的菩提寺。他的好友、考古学家岛田贞彦是京都人，将自家菩提寺——金戒光明寺西住院——介绍给琢治。从此，琢治一脉遂留在京都。西住院有一株很好的垂樱，春来花枝妙曼。某日去时，老住持正打理庭院。恭敬行礼，向他打听琢治墓。他笑："你学地理学么？""倒不是……""那么，是物理学，还是史学，还是文学？"我也笑了。原来很多人知晓琢治、前来祭拜琢治墓，不是因为琢治的专业，就是因为他那一家才俊的研究。

"你进来坐一会儿。墓不在这里，还是在紫云山中。但很偏僻，我给你画个地图。"他取来纸笔，给我指明路线，仔细画出钟楼、三门、莲池、文殊塔。深谢过，在墓园入口处买了两束佛花，按图索骥，很快寻得。在文殊塔东南部，竹薮遮蔽，十分冷清。

墓碑是一座小小的五轮塔，地轮部正面是"小川琢治 小雪"，背面镌有"男 芳树茂树秀树环树滋树 建"，可惜苔痕斑斑，剥蚀严重，很难认清。墓碑一侧镌有琢治生卒年月日："文敏院正誉常念如舟居士，昭和十六年十一月十五日卒，享年七十二岁。"另一侧是夫人小雪的："贞信院芳誉常真清雪大姊，昭和十八年十一月十七日卒，享年六十九岁。"此碑两旁并立石碑二，一为琢治之父小川驹橘之墓，铭云："小川橘翁弘化元年甲辰正月五日生，大正廿一年壬戌三月三十日殁。"一为其妻之墓，铭云："小川驹橘妻方子白井氏嘉永癸丑二月十四日生，大正甲寅九月八日殁，丁巳十二月八日建。"

琢治墓碑右首，尚立一碑文，正面作"小川家之墓"，且录左侧及背面铭文如下，供好古之士参考：

> 小川氏之先，近江人也，世食纪伊藩禄。橘翁君驹橘本长屋氏，入承其重，以藩侯命游江户。学英文，曾任长崎师范学校长，旋罢，供职横滨正金银行。养如舟君琢治浅井氏为嗣，仕京都大学教授，理学博士，列帝国学士院会员，并终于京都。男五人，长芳树，今为东京大学教授，工学博士。次茂树，出继贝塚氏，人文科学研究所长教授。次秀树，继汤川氏，京都大学教授，理学博士，学士院会员。次环树，京都大学教授，文学博士。次滋树，继石原氏，死甲申之役。女二人，香代归小川一清，妙子归武居高四郎，皆工学博士。昭和丁酉三月芳树妇秀子卒，明年祔葬先茔之域，复建新墓，

1
—
2

1. 桑原骘藏夫妇、桑原武夫夫妇墓　2. 小川琢治家族墓乃刻贞珉，略述家世，庶食旧德，百代不堕。

昭和三十三年戊戌三月十五日 小川芳树敬书

小川环树在文章里多次回忆起自己的父祖兄弟，笔触温柔。除了早逝的弟弟滋树之外，他是最小的一位，因此可以目送他们的晚年。小时候最无忧无虑，老去最孤独。

在《小川环树著作集》第五卷中，有一篇《南纪小川氏家谱述略》，是据其未发表的手稿整理，详细讲述了小川家的来龙去脉。有关环树兄弟少年时在外祖父橘翁处启蒙的记录，从前在汤川秀树的《旅人》中也读过一些，此处也有回忆，是考察江户时期儒者家庭启蒙教育的很好材料，兹译如下：

　　我们兄弟都在橘翁膝下学习四书之类的汉学经典。我启蒙之时，大约在七岁（1918）。橘翁1922年去世，我在他跟前只度过了四载光阴。受其亲炙，实在是极短的一段时间。我跟他学了《大学》《论语》《孟子》《孝经》的素读，并开始读《十八史略》，但中途橘翁病倒，不久去世。《史略》只教到三国时代。橘翁先生教我素读时，将汉籍教材放在我跟前，自己坐在对面，极流畅地朗读原文，我则照着读。所谓教材，用的是朱子的注，譬如《大学》开篇，首先要读《大学》朱熹章句的标题，然后是"子程子曰，《大学》，孔氏之遗书，而初学入德之门也……"，毫无滞涩。四书之类，过去的人自幼熟读，烂熟于心，这并不奇怪。而三哥（汤川秀树）学习《史

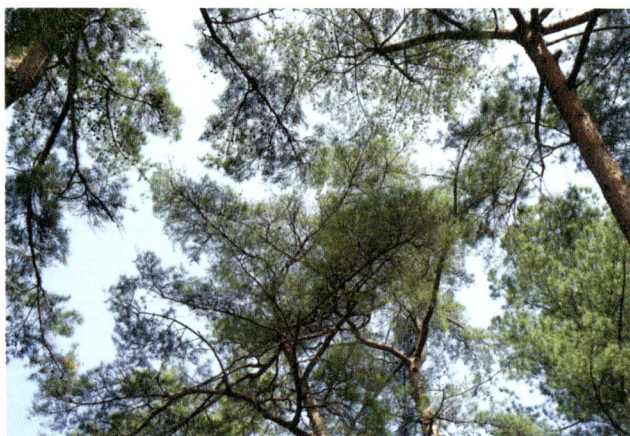

记列传》《春秋左氏传》时，我在边上也见过，所用本子并无训点，同样也在橘翁对面放着，橘翁却依然极流利地诵读。如今看来，绝非易事。足知先生汉学素养之深。用中国的说法，橘翁对经书一类早已成诵，全部熟记于心。

3月底4月初，山中开满樱花。之后，塔头内外遍开铃兰、芍药、牡丹、棣棠、金丝桃、花菖蒲、绣球、栀子、莲花，接连不断，直到梅雨来时才稍转静寂。就算没有扫苔读碑之癖，也可来此看花。

2015年6月17日

买全集的乐趣：
读《青木正儿全集》小记

　　在尚未定居、住所狭窄的情况下，买套书可谓大忌。光收单行本的用处和趣味固也不小，然而全集却有单行本难以企及的优点。对于略有强迫症的人而言，若喜爱某位作家或学者，不收全集，洵属遗憾。又是一年一度知恩寺古本祭，考虑到逼仄的居住空间，事先曾痛下决心，只看不买，且绝不买全集。但头一天拍卖会就买下岩波文库版全二十四册《芥川龙之介全集》，第三天又买下春秋社全十册《青木正儿全集》，遂绝口不提前话。

　　青木正儿于 1964 年去世，《全集》编辑始于 1969 年，1975 年第十卷讫。青木生前书稿整理较为完备，单行本面世亦多。如早年汇文堂所出《金冬心的艺术》，弘文堂初版的《江南春》，春秋社的《琴棋书画》、《中华名物考》等等。后三者又皆收入平凡社东洋文库系列，因文辞清美，情致悠长，一直很受欢迎，汉译版亦广为人知。

　　全集所收遗珠不算多，此前未见的，大概是第七卷中的遗稿《明代苏州的文苑》及《杂纂》编，并第十卷《逸文》。国内所出《两个日本汉学家的中国纪行》中，收有《江南春》与《竹头木屑》，惜非全本，如《内藤湖南先生逸事》一文即无。此文原刊于 1934

青木正儿（1951年）

年7月的《支那学》，正是内藤湖南刚去世时的追忆文，青木自杂稿中辑录，共九条，多为与汇文堂往来之事。有云湖南购入宋本《史记》始末，初时此书为某古董商以十几元购入，后以三四十元典卖于神田喜一郎的祖父神田香岩，又以百元之价转卖东京的龟田绫濑。数十年后以六百元归文求堂，目录标价一千五百元。董康曾拜托汇文堂，欲购此书。而湖南恰好在汇文堂听说此事，认为是书流回中国甚为可惜，当即购入。文求堂说，因为是先生要买，所以千元拿去吧。又云某次湖南立于汇文堂门前，说要盐。因刚参加完葬礼，怕店里觉得不吉利，应该撒盐祛秽。如此细心，足想见湖南为人。

小川环树回忆中的湖南，也是温和耐心，春风和煦。有云湖南曾将汇文堂主人大岛友直比作"汲古阁的毛晋"。又云罗振玉曾经湖南斡旋出手所藏书画，但对方称其中赵之谦两幅花卉为赝品。湖南愤然曰："并非赝作，我买好了。"便自己收下这两幅。青木说，先生侠骨，洵可景仰。

《杂纂》一编，有青木明治四十一年（1908）考入京大支那文学科后为家乡报纸撰写的小文章，也有大学毕业后在武德会武术专门学校当老师时写的短文，都是二十岁出头时的作品。还有序跋、回忆录等。尤可注意者，是从《册府》中辑出的一组文章，介绍当时新刊的中国图书，恣肆走笔，频见妙论。《册府》是京都有名的汉文书店汇文堂发行的小册，创刊于大正五年（1916）十月五日，当时决定一年发行六期，登载新到中国书目录，并请京都中国学界知名学者供稿，可视为其后《支那学》的先声。创刊号卷首，初代店主大岛友直云，"鄙堂经营中国新书并和刻本各书，经验尚浅，多蒙江湖诸贤荫蔽"，"中国书籍系直接进口，有各省出版者、私家刻板者"。

青木与大岛友直关系极好，彼此信赖、欣赏。《杂纂》中有一篇《明治大正间京都的汉籍店》，写到汇文堂：

> 大概是我刚读大三时，荒神口有了一间简陋的旧书店。年轻的店主仅摆出少量书籍，坐着发呆……他常年在东京文求堂工作，有志独立，刚回京都。因为很闲，有时会给我介绍说，帮你找找便宜书吧，也有从寺町通北到南找书的时

候……不久，店搬到寺町通丸太町南的今址，开始成为包括旧书、新刊中文书、石印本及洋装新刊本的特色中文书店。民国以来，中国新学形势渐起。汇文堂尽力舶来新刊书籍，惠益学界，出版书目，方便学子购买。遂于大正五年，改书目为小杂志之形式，名曰《册府》，隔月出版。书目之外，还请我们介绍新刊，撰写学界闲谈。我们匿名作文，偶尔也会将攻击矛头指向关东诸老儒，似乎有人也很在意此事。狩野君山先生东上时，据说某先生就抱怨说，难道真是你们写的吗，被那样写，我们也很为难啊。本田成之与我的文章最多，因此某次文会席上，内藤湖南谑云，若《册府》传诸后世，本田君与青木君或许会被说是汇文堂的专属学者呢。总之，因为其时东京没有经营中国新刊书的书店，所以关东众位先生也要根据《册府》向汇文堂订购书籍，汇文堂颇为得意。

全集第二卷《中国文艺论丛·自序》中亦提及与汇文堂交往之事，并提及1920年《支那学》创刊始末。最初打算刊行京大支那学会的演讲录，小岛祐马说，不如出月刊杂志。青木也赞成。小岛遂与狩野君山、内藤湖南商讨，众皆云好。但当世关心中国学之人甚少，每月若无补助，必难持久。青木告之大岛友直，"汇文堂为奇男子也，慨然曰，此为壮举，请敝堂承当"。君山、湖南担心汇文堂压力太大，而大岛友直昂然应诺，恳请诸位先生赐稿。然而创刊号将印刷时，大岛友直突然患病，且日益严重。最后由河上肇出面帮忙，转请弘文堂出版。

有关汇文堂几代主人的故事，曾在另一文中详述。略言之，大岛友直最有文人风骨，不仅与京都学派众学者交往亲密，在东京时还与森鸥外有往来。后来，担任图书寮图书头、帝室博物馆总长的森鸥外在秋季正仓院展览时出差奈良，都会抽空到京都，最先去的就是汇文堂。1921年秋，鸥外给妻子的信中道："在京都买过一点书的汇文堂，主人家的脑子逐渐出了问题，今年完全像婴儿一样不懂事，只知呆望电车。"1922年1月，鸥外发表和歌《奈良五十首》，第二首云："所识文屋主人病，但望电车亦徒然。""文屋主人"即大岛友直，注释称其于盛年突患脑病，常在京都市内坐电车到处乱转，两三年后便去世了，《册府》也一度停刊。

之后由友直父亲友爱接管书店，又传与友直之弟五郎，此时《册府》虽复刊，内容却大为简省，亦不复当年诸贤会聚之盛况。1955年复刊第一号上，青木撰文《酒室妄想》（署名"瓢公"），讲自己特爱饮酒，对各种酒器也有心得。"玉杯虽典雅，然而大多缘厚，难于啜饮。银杯似奢侈，锡杯又俗。且金属易传热，还不怎么烫的酒，唇上就感到可厌的温度。还是喜爱陶瓷器，但不论故作风雅的古朴颜色，还是华美的五彩，皆不喜欢。相比之下，最爱无色透明的玻璃，可称为夜光杯。"文末提及当时汇文堂主人与他的往来，即大岛五郎。可见青木与汇文堂家缘分实在不浅。

五郎去世后，其女继承汇文堂。我与这位大岛夫人有过数番长谈。夫人身体状况不佳，店里事务多交给儿子处理，但他对中国书籍似无太大兴趣，近年店里进的多为普通日本旧书。常有国内慕名而来的书客，店内旧籍几经挑拣，所剩皆为断帙零编。夫人每道："汇

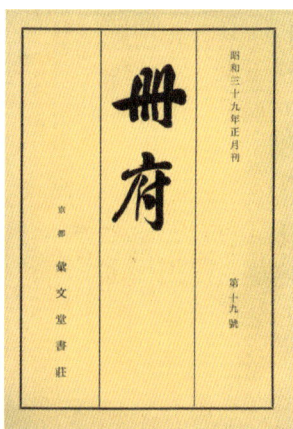
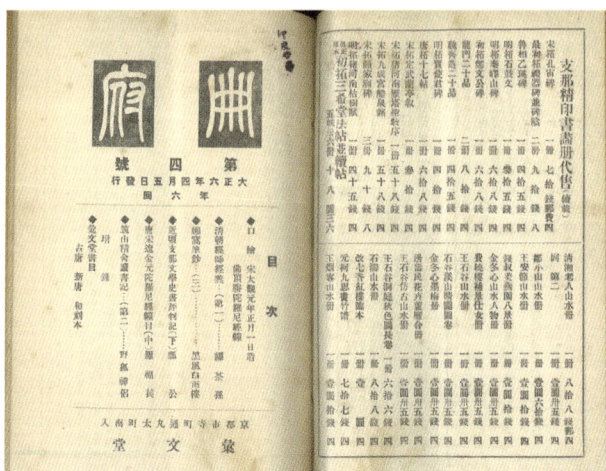

1.《支那学》创刊号　2.《册府》复刊后的第十九号

3.《册府》第四号（合订本）

汇文堂（2014 年初）

文堂已成往事，今日之况羞于提及，不但辜负远去的故人，也辜负还记得这个名字的人们。"

第七卷后所附吉川幸次郎的解说，详备深情，很可一读。末尾说，吉川读书时曾拜访青木，提到"正儿"一名，请教由来。青木称，这是他做医生的父亲所起，而他给自己起了"君雅"的字，因为"雅，正也"。又说，青木的墓在寺町今出川以东的佛陀寺，这也是我此前不知的。这几年来，每逢书市，都不能抵挡全集的诱惑。正文之外，为全集专作的序跋、解说，以及附于扉页的月报，都是深富意趣的内容。因此日本旧书店卖全集，往往要注明函套、腰封、所附月报是否齐全，和品相一样，这些都是直接影响书价的要素。至于紧张的居住空间，由他去吧。买书一事，"买时感到快慰，不买如有所缺欠"（徐复观 1981 年 1 月 2 日记），正是如此。

2014 年 11 月 2 日

青年宫崎市定的中国之旅

　　近代以来，中国派出的公私赴日考察团络绎不绝，留下不少记载。同时，日本各阶层、组织也派出大量赴大陆、台湾旅行的观光团、考察团，特别是曾为殖民地的朝鲜半岛、中国东北、台湾成为最热门的旅行地，查踏极众，皆留有丰富记录。东洋文库有《明治以降日本人的中国旅行记：解题》，中华书局所出"近代日本人中国游记"系列所取是其中很少一部分，总序写得很好。这些纪行文虽水平参差，泥沙俱下，但对了解其时中国的政治、风土、人情，以及日人对华态度之转变等等提供了充足的资料。

　　1924 年 12 月，本科毕业论文提交前夕，二十四岁的宫崎市定参加了外务省主办、文部省派遣的"学生南支视察团"，首次踏上大陆土地，开始了为期三十七天的旅行。在其全集第二十二卷，收有《上海至广东》、《南支视察团日志》两篇文章，内容虽不比内藤湖南《燕山楚水》、桑原骘藏《考史游记》等丰赡详尽，却也有若干值得注意的细节，可观察两代学者中国观的差异。

　　宫崎一行三十人，经济、法科专业的学生居多，因此在工商业中心的上海滞留时间最久。每日于纺织厂、满铁事务所、水道水源地、医院等地走马观花，宫崎的毕业论文是《南宋末宰相贾似道》，

宫崎市定长衫照（1924年）

兴趣在宋元之间，当然觉得现代化都市上海很无聊。唯一令他精神稍振的，是有机会拜访寓居沪上的康有为。

其时，东大的市村瓒次郎恰也在沪。视察团领队、松本高等学校教授重原庆信欲前去拜访，宫崎因高中时曾在重原门下，遂请同往。市村刚好说要去见康有为，宫崎便说也要跟着去。他们由西本省三带领，地点在万航渡路附近（当时还叫极司非尔路），应为愚园路132号的游存庐。西本省三号白川，在东亚同文书院教书，后发起春申社，办周报《上海》，师从沈曾植，与郑孝胥交往甚密，热衷复辟，攻击民国共和制度。1927年因病回到故乡熊本，次年去世。后《上海》更名《上海周报》，1933 年改为半月刊《上海》，至 1945 年止，是考察战前战时上海日本侨民的很好资料（神户大学附属图书馆有电子版公开）。

一行人递过名片，跟随秘书穿过小径，便见到客厅前紫藤架下的康有为。康在上海，每日接见访者无数，自然滔滔不绝，应对自如。宫崎当时还不会讲中文，辈分又低，惟有从旁静听，"康氏过于雄辩，翻译的白川也相当雄辩，后来二人忘我深谈，也不翻译，我们只好在一边发呆"。归途中西本白川谈兴仍浓，评价康有为态度轻率，难取天下。年轻的宫崎对这些都无兴趣，感慨"到底活着的人是无趣的。活着的人会说话。这样上海一点古老的东西都没有了"。

不过，上海总还有优点：有商务印书馆与中华书局。当时，中华正宣传新影印的竹简斋本二十四史，全两百册，虽然字没有想象中那么大，但尚能忍受，宫崎非常想买一套。有连史纸、有光纸两种，前者较贵，就买了后者，背着两大包书继续辗转旅行。后来回到京都站时，连打车的钱都没有，坐电车回到平野宫北町的住处，已筋疲力尽。类似买书的经历，不少学者的文章里都能见到，很有同感。后来，宫崎还买过中华的四部备要本、商务的百衲本二十四史，但最习惯使用的还是青年时代买下的这套，直至晚年，依然置于手旁。竹简斋本发行期短暂，流布不广，缺点甚多，然而字小、册数少，不乏便利处。由此也可看出宫崎重视史料本身而不重版本的一贯态度。他曾回忆自己学生时代也买过几种汉籍，都被内藤湖南摇头说不是什么好本子。据老一辈聆听过宫崎授课的老师说，他对版本的确无甚执着，要求无非是常见好用，便于研究。

上海周边，还去了南京、苏州。在苏州花钱骑驴，认为驴实在可爱极了，倘若有钱，应该买一头回去。日本全土无驴，素为畜产史的谜题。许多熟悉中国诗文、绘画的日本人，来到中国后都想见一见传说中的驴，一些中国游览指南类的书中，还专门写明何处可以骑驴。画家横山大观来中国旅游时，也对驴格外喜爱，特购一头海运回家，取名"长城"，后因气味太大，邻居抱怨，才转移别处。

因江浙战争的缘故，杭州交通不便，宫崎他们遂改去宁波。一行人本想去看寺庙，却不知怎么迷了路，无奈返回上海。在上海的某日，宫崎曾悄悄去照相馆，借了长衫小帽拍了张纪念照。洗出来看，觉得十分奇怪，不像自己。直到归途船中才又拿出来看。这与吉川幸次郎在北京穿长衫的心情当然完全不同。

1925 年 1 月 3 日，他们乘船去广东，途经厦门、汕头、香港。在广东受到空前礼遇。这与孙中山当时北伐希望得到日本援助也有关系。先是新成立的广东大学学生会招待了团员，后参加校长邹鲁举办的欢迎会，晚宴是广东日侨的联合欢迎会，排场很大，胡汉民、邹鲁、伍朝枢、孙科皆列席。担任翻译的是物理系的教授柳金田，据说他日语很好。席上，胡汉民等人发表热烈的演说，学生们不好意思吃饭，只得默默听取。次日晚，学生们去尝试了蛇宴——当时《申报》也常有粤菜馆的蛇宴广告，"生宰肥大金钱豹蛇"、"三蛇龙凤会"云云，足见吃蛇的传统。宫崎花了比访问康有为更细致的笔墨描绘蛇餐馆甚可骇怪的细节，选蛇、捉蛇、取胆、饮蛇胆酒、煮蛇火锅。猴肉、鹿筋、猫肉、鼠肉，一应俱全，不过为了预防鼠疫，广东警察下令不许食鼠。

离开广东后，众人往台北、高雄、基隆，乘日本邮船信浓丸归国。不久，宫崎的纪行文分四次连载于《京都帝国大学新闻》，笔调冷淡，不乏揶揄、猎奇之语。直到晚年宫崎为全集第十一册《宋元》写跋，忆及此番青年时代之旅，才说是"首度直接接触外国文物的旅行，对日后的世界观有很大影响"，"给予有形无形莫大的收获"。

此后，宫崎还曾到过中国三次：1929 年 7 月 24 日至 8 月 10 日，宫崎参与组织第三高等学校学生"夏季满鲜见学旅行团"，由大连旅顺至长春，再至朝鲜，有旅行日记。1932 年，"一·二八"事变爆发，接辖重兵第十四大队召集令，担任马厂长，登陆吴淞，因停战协议而未有军事活动，仅负责维持治安。月余而返，有《马厂长日记》。1933 年 8 月 2 日，带领中国学专业的十五名学生往北京见学月余，请中过举的旗人胡玉泽为汉语讲师。访问傅惜华，游览西山。后独往泰安，访孔庙，登泰山，过济南，自青岛乘船返回。战争给学者们的人生、研究都产生了重大的影响。日本的中国法制史学者滋贺秀三曾因被选拔为特别研究生而免去兵役，晚年回忆，说自己一生最幸运的，不是学问的研究，而是不曾在战场上杀人而活到现在。生于和平年代的人们，应当庆幸并以为镜鉴。

2015 年 9 月 4 日

宫崎市定科举史研究的背后

　　宫崎市定的《九品官人法研究》素为人所熟知，副标题为"科举前史"。宫崎很早有志研究胥吏，1954 年在京大文学部开了同名课程。在研究过程中，由官员与胥吏的尊卑之差，联想到流品之差。而流品差别的产生在中世以后，那么就不能忽视极典型的中世制度：从汉亡魏兴一直延续至隋朝九品官人法。1956 年 3 月 31 日，宫崎在同朋舍出版了《九品官人法研究》，并作为"东洋史研究丛刊"的第一册。如今，该丛刊已出版至第七十九册，出版工作也交由京都大学学术出版会负责。宫崎此书除详尽介绍、分析九品官人法外，还为了对旧作《科举》作回应与补充，这一点从副标题也能看出。在他的理想中，想写三部书：官僚、胥吏、科举，读书人通过科举获得官僚身份，而他们在官场的实际行动，又离不开下层数量庞大的胥吏。这三者最是他关心之所在。不过这里提到的"旧作《科举》"并非后来中央公论新社的畅销书《科举》，而是 1946 年秋田屋出版的《科举》，因其出版过程颇为曲折，故略作说明。

　　首先是缘起。1939 年，宫崎接到东亚研究所的委托任务，要求研究"清朝官制与官吏登用"，期限两年。此前他的专攻并非在清代，但时局非凡，此种任务也无法推辞。东亚研究院是 1938 年

9 月 1 日设立的"东亚问题综合大调查机关",为直属内阁的国策机构。总裁是近卫文麿,干部多为军人,因此研究院的军部色彩十分浓郁。其建立参考满铁调查部,试图对中国、苏联、东南亚、中东近东作全面的研究调查。这也反映在研究所的组织结构上。所内共分五个部门,其中第三部专门针对中国,有政治、社会文化、经济、满蒙各方面的考察。另有九个调查委员会,分管"对支投资调查"、"黄河调查"、"华侨调查"、"黄土调查"、"支那惯行调查"等课题。此外还有北京、上海两处分所,均与第三部、满铁调查部关系密切。东亚研究所资金丰厚,在搜集资料方面不遗余力,据说神田神保町的书价一时都被抬高。然而研究所毕竟组织仓促,人手不足,研究水平也有限。故而有关中国的研究任务,经常下派给东京、京都的两所东方文化学院。

再说东方文化学院,其历史需溯及 1925 年 5 月决定设立的东方文化事业总委员会。之后分设北京委员会与上海委员会,各领北京人文研究所及上海自然研究所。1929 年 4 月在日本国内建设东方文化学院,分立东西两京,东京代表者为服部宇之吉,京都代表者为狩野直喜。也许学院最初并不想与政治有所关涉,然而政治终究导致学院的分裂。中日战争爆发后,日本政府对东方文化学院也有了特别的要求,希望他们能对理解现代中国发挥作用。对此,东京方面表示认可,京都方面则坚持只研究中国传统文化。1938 年 4 月 1 日,东方文化学院解体,东京的研究所从此称作新东方文化学院,京都的研究所则呼作东方文化研究所。东西两所的分裂,与距离政治中心的远近有关,也与两处研究人员下意识的对抗有关。聚集在京都的研究者不愿意步东京方面的后尘，更愿保持某种独立性。两处迥异的学风，对后来东西两京的研究影响深远，延续至今。

不过，京都的东方文化研究所虽坚持不研究现代中国的立场，却无法拒绝东亚研究院有关中国古代研究的要求。每年，京大的羽田亨都会接到东亚研究所的委托，要求发动门下年轻弟子从事专门课题研究。时任助教授的宫崎便被分派到这个题目。不过宫崎的论文不太符合研究所要求的形式，便也束之高阁。随着战局日益激烈，已过服役义务年龄的宫崎被征召入伍。临出发之际，他以留下遗稿的热情埋头修订旧稿，专写科举制度，托付给大阪的出版社秋田屋。经历一番辗转，日本战败，他又回到京都，书稿也编辑完毕。不过战后用纸十分紧张，《科举》一书只好以草纸装订。而卷首一张原色印刷的"捷报"还是很吸引人，原件是宫崎1932年"一·二八"事变之际在中国购得。

可怜秋田屋不久便倒闭，而其在大阪的总部也已毁于空袭。宫崎的书稿因保存在金库而幸免于难。1962年，桑原武夫在中央公论新社出版《日本的名著——近代思想》，此书畅销至今。桑原也邀请宫崎出书，宫崎遂将旧稿改写整理，新成一册小书，加上副标题"中国的考试地狱"。1960年代正是战后日本全面复兴的年代，入学竞争空前激烈，时人呼曰"应试地狱"。也许是题材顺应潮流，加上宫崎文章原也精彩，立刻成为畅销书。而原先秋田屋一版，则奇货可居，一时炒出高价。1987年6月，此书修订版由平凡社收入东洋文库470号，为作区分，改名《科举史》。

时过境迁，秋田屋旧版渐被遗忘，不过旧书店偶尔还能见到，

科 舉

宮崎市定著

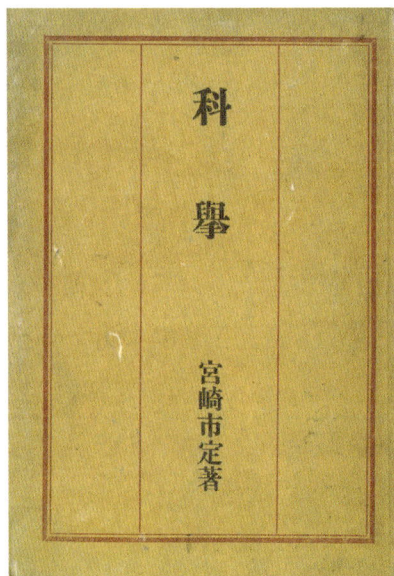

秋田屋版《科举》封面及卷首插图

价格也正常。曾在北白川人文研旁朋友书店分店买到一册。有关秋田屋，也值得多说两句。由 1946 年版《科举》标记发行者"田中太右卫门"可知，这就是江户时代以来大阪出版界著名的秋田屋宋荣堂。在《享保以后板元别书籍目录》（清文堂出版）及《享保以后大阪出版书籍目录》（同前）中均可见其名。明治年间，宋荣堂主人去世，老铺经营困难。夫人田中霜子携长女苦求出路，在大塚卯三郎（财力雄厚，后继承田中太右卫门之名）的援助下，终得复兴，留下不少优秀出版物。《科举》一书是秋田屋的绝响。搜索全国书店名，发现如今四国德岛有一家书店"田中宋荣堂"，不知是否与秋田屋有关。若有机会去四国，应作寻访。

2015 年 11 月 8 日

宫崎市定《自跋集》

　　1991 年 10 月至 1994 年 2 月，岩波书店刊行《宫崎市定全集》，共二十四卷，并别卷一册。年逾九十的宫崎为每卷撰写了明白晓畅的跋文。1995 年 5 月 24 日，宫崎去世。一周年忌日，岩波书店又将二十五篇跋文并自定年谱以及砺波护的解说文结集出版。腰封宣传语曰："从与《论语》、《史记》的邂逅到诸位先贤的学问、与外国学者的交流、学界的论争，所涉话题丰富。年过九旬的著者对历史的霸气与热情丝毫不减。"内容的确畅快精彩，不论是对自身学问的回顾、总结与阐释，还是各种自由奔放的吐槽。若再加一句宣传语，可以是："一册在手，迅速了解宫崎学问及性格。"

　　宫崎全集的最大特点，在于完成了其"通史"及"世界史"的构架，处处可见其发现问题的能力及卓越的通史眼光。前十七卷为中国史，其中第一、二卷为概论通史，第三至十七卷可对应其古代、中世、近世、最近世的时代区分说。这是对内藤时代区分说的继承与再阐发，并适用于他的世界历史分期说：第一为古代都市国家的形成、解体，到古代帝国成立的时期；第二为古代帝国灭亡后，分裂倾向很强且无秩序的中世时期；第三是伴随文艺复兴，各国民众产生民族自觉、形成新文化的时期；第四是伴随产业革命的成功，

宮崎市定

自跋集

東洋史学七十年

岩波書店

1. 宫崎市定《自跋集》　2. 晚年的宫崎市定（1986 年）

世界再度面向统合之机，地域区分趋向消灭的时期。

第十八至二十卷，有关西亚史、东西交通史，可看出桑原骘藏学说的影响，以及留学法国、游历西亚对其学问的启发。世人常将宫崎视为内藤史学的继承者，但宫崎却表示，内藤的确是天才，但兴趣太广泛，未能更专精于学术，终生不减对政治的关心，是为遗憾，自己的研究方法更接近桑原。他十五岁读初三时，学校东洋史教科书便是桑原的《中等东洋史》。本科刚毕业，桑原命他翻译乔治·雅各布的《东洋在西洋之影响》(*Der Einfluss des Morgenlands auf das Abendland*，日译『西洋に於ける東洋の影響』)，并未学过德语的宫崎依靠辞典逐字查阅，很痛苦地翻完。后来回忆，此书对其研究影响至大。他的工作、研究处处受到桑原的关照，感情上自然也更接近。然而，内藤对他的影响可能远大于他自己的陈述，本科时对宋史的关注、终其一生对时代区分论的论证阐发，皆可证明。不过内藤的汉学素养及对中国的感情（《内藤湖南全集》所附月报中有一段"湖南的喜恶"，极有趣：讨厌的，悟性差的蠢人、迎合大众的进步文化人、信仰圣人的愚直道学家、细腻的日本画、岐阜提灯、侘、寂、茶汤民艺、美国的机械文明、追逐时尚者、社交舞、登山、运动、恋爱至上主义者。喜欢的，凡中国的东西皆喜欢），与宫崎确非同道。宫崎对中国的态度冷静疏离，对中国文化也无特别感情，与老一辈浸淫汉学的研究者很不一样。对中国史有兴趣，是因感到其独特的魅力，而欲探明独特之所在。"而中国近代化的同时，也失去了其独特性，埋没于世界历史。近代产业革命以来，各国民都失去了独自发展历史的可能"。中国近代化之后，当然还有独特性，只是人们往往对距离自己太近的东西本能地感到无趣，因为置身历史现场，更难判断和选择立场。

第二十一卷为日本古代史，但所关心者，仍是日本与世界的联系、世界史上的日本、东洋史上的日本。他对日本古代史学界意见很大，认为自己中学以来所学习的日本史教科书全是混淆黑白、颠倒正邪的知识，认为他们受意识形态影响太深，研究视野狭窄，壁垒分明，以致此卷文章多见讽刺、不满之辞。他曾在各种文章里表达过对这种门户之见的不满，说日本学界最讲究某某领域对某事才有发言权，该领域之外的人发表了再高明的见解，也一概选择无视，是一种锁国式的学术风气。这种风气，当然不仅日本史领域有，我想大家都不陌生，只是少有人愿意尖锐地指出来。

第二十二卷为中日交流，其中，宫崎本科毕业前夕的纪行文《从上海到广东》很有意思，他参加的是文部省募集的学生南支视察团，第一次到中国旅行。第一站在上海，这位二十四岁的青年跟老师一起拜访了康有为，"这是我直面留名史书的大人物的最初体验"。在中国为期三十七日的旅行，虽走马观花，行程匆促，却是他第一次直接接触中国的风土文物，对其世界观产生巨大影响。第二十三、二十四卷为随笔，别卷为政治论集。

宫崎少年时热衷作和歌，立志当政治家，至少是政治记者，"因我出身贫乏之家，故有逆反心理，很向往繁华热闹的社会"。但后来受京大地理学出身的浅若晃建议，才考进东洋史专业。而当年的爱好与志趣，多少仍投射到日后的学问中，比如他习惯于在历史分析中对比当下，也喜欢预测未来政局。他在《中国史》第四篇《最近世史》中，畅谈民国以来的政治历史，今日读来，可凭后见之明对照其洞烛先见，耐人寻味。当然，也不乏新奇的结论，比如将江青的失败归结于"提倡的新艺术运动将古典越改越坏，凭自己的小聪明将传统的古典故事改造得迎合新时代，所以京剧等等也变得完全无趣了。这是剥夺大众娱乐的结果"。可惜这精彩的一篇，在早年台译本中被大幅删改，面目全非，即将出版的大陆译本为免纠纷，索性全从阙略。

回顾宫崎一生，深感其精力充沛，眼光敏锐。思考、著述不辍，从二十四岁到去世前不久，七十年来一直在写各种论文、随笔、普及读物。进入大学前就规划之后的研究题目，其中周边少数民族与中国思想的比较，是他日后长久关注的所在。外语方面也有特长，高中时去天主教堂跟随神父学习法语，本科时学习俄语，留法时又学习阿拉伯语。重视外语，至今还是东洋史研究室的风气。其人生际遇也称得上幸运，虽出身普通家庭，却自小志向明确，且善于听取前辈师友意见，善变通，少固执。虽两度投身军旅，却总能与战场擦身而过，二战结束，也得全身而返。当时死于战场或苏联收容所的研究者不在少数，如小川琢治的幼子滋树死于太平洋战场，又如内藤湖南弟子、东方文化学院京都研究所的松浦嘉三郎（1896—1945）客死苏联。

据砺波护回忆，宫崎对全集的设计，只有一点坚持，要求在书脊以简单明了的几个字概括介绍全卷内容，方便读者一目了然，这是之前《桑原骘藏全集》、《内藤湖南全集》都没有的。想到他从前感慨旧书市陈列的图书像卡片一样紧密排放，必须抽出打开才能看到内容，"谁都没有翻过即被旧书店主人带回去的可怜的书，也很多吧"（《古本屋盛衰记》，1975 年）。

2015 年 11 月 1 日

大河剧中的读书风景

我接触大河剧很晚，2008 年的《笃姬》看得最投入。看剧毕竟很费时间，后来就不曾有那样奢侈的消遣。看《笃姬》时，对日本的历史、文物多半还是一知半解，喜悦和感慨都不太靠得住。《笃姬》可谈的角度很多，从前写过一篇《笃姬的荔枝》，由笃姬离开故土，第一次到京都，将萨摩的蜜渍荔枝赠送给养父近卫忠熙一节讲起，谈到荔枝在萨摩的种植史。也曾从和宫入奥之后，大奥侍女嘲笑京都方言称指事物都要用敬语这一节谈起，写过有关京都方言特点的小文。今番且谈一谈剧中我深感兴趣的、与读书相关的风景。

譬如电视剧第一话，就有少年笃姬女扮男装混入哥哥就学的藩校，听小松清猷授课的场景。"我最喜欢历史书籍。"少女朗声道。这在强调"女子无才便是德"的江户时代可谓离经叛道。

在旧水户藩藩士家庭出身的山川菊荣回忆录《武家的女性》中，称水户藩的女子从小学习的无非是《百人一首》、《女今川》、《女大学》、《女庭训》、《女孝经》一类的书籍，作者外祖父的次兄虽然是经学家，但还是认为，女子不需要学问，不必教授学问，只要跟染坊预定布料时，会写颜色就行了。故而对女子的教育，一般只停留在平假名而已。不过，也有一些开明的儒者之女，有幸如男子一般在父兄身边学习经史。

笃姬出生的萨摩，较之儒学重镇水户，自然风气要更开明。而她的养父，十一代藩主岛津齐彬，更是痴迷兰学，思想开放。岛津的曾祖父、第八代藩主岛津重豪，也是一位兰学迷。早在安永二年（1773），就仿照幕府的汤岛圣堂，在鹿儿岛城下开辟圣堂，名"宣成殿"，并设置讲堂、学寮、文库，即后来萨摩藩藩校"造士馆"的雏形。藩内子弟不论出身，凡有志向者，满八岁皆有机会入学。讲义有四书五经、《近思录》等等。之后，还增设演武馆、医学院、天文馆等教育设施。宫尾登美子原著《天璋院笃姬》中，这样写道："重豪富于进取，胆略过人，年轻时学过荷兰语，同外国商馆员往来密切，性喜豪奢，有人认为，正是他奠定了萨摩藩的文化基础。"到齐彬的时代，改革造士馆，增加西洋实学课程，算得上日本全土藩校中最早开风气的地方。在《三国名胜图会》中，有造士馆的绘图，屋宇开阔壮丽。既然萨摩藩风气较为开放，那么笃姬男装潜入此处问学，也并非完全出于作家的想象，毕竟江户后期的女诗人原采蘋也曾扮男装游历各地。

对于笃姬热爱史书的设定，剧中有多处精彩的描绘。第四话，笃姬觐见齐彬，被问及有何爱好，答曰"喜读史书"，令齐彬大感兴趣。其实在宫尾的小说中，这段要更为丰富：

"你读书么？"齐彬问。

"是，我非常热爱书籍。"

"读什么书？且列举案头常备的书籍。"

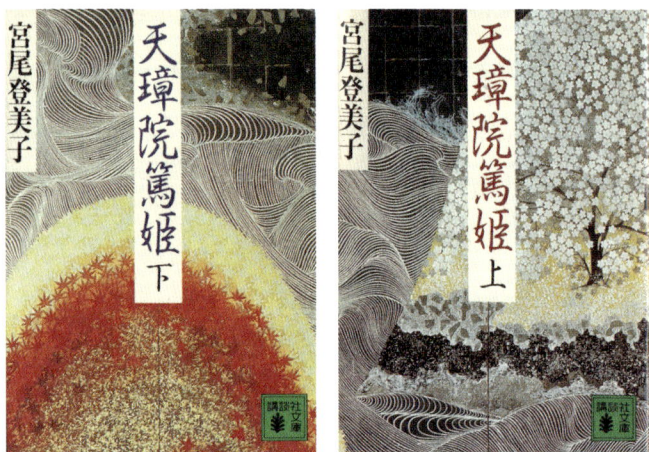

宫尾登美子著《天璋院笃姬》上下二册，讲谈社文库本，是刚来京都时在旧书店购得。后来久不读小说，却还是把这两册小书留在架上

"是，案头常有《白氏文集》。"笃姬回答，又道，"不过，这是为了练字而准备的样本。我爱读的，是史书。"

齐彬很感兴趣："不是和歌或假名类的草纸，而是汉文体的史书吗？"

笃姬朗朗作答："是。我十岁开始上过《日本外史》的讲义，因为老师病了，只学到十五卷，很是遗憾。在我所读过的书当中，获益最多的，是这部《日本外史》。"

《白氏文集》自传入日本以来就极受欢迎，有各种钞本与刻本。既然笃姬说是为练字而用，那么钞本的可能性比较大。东京国立博物馆就藏有藤原行成的彩笺墨书《白氏诗卷》。正木美术馆藏有小野道风及藤原行成的《白氏诗卷》，也都是国宝，对后世日本书法影响甚巨。不知小说中笃姬学习的，是谁的书体？

电视剧第五话，刚刚觐见过齐彬的笃姬，满心欢喜收到未来养父赐下的《日本外史》。这是赖山阳的名著，1827 年献给当时幕府的前任首席老中松平定信，1829 年由大阪秋田屋等三家书店联合刊行出版，共二十二卷，是与服部南郭所编订之《唐诗选》并列的、江户时代最为畅销的书籍。在笃姬的少女时代，这部书已流行了数十年。她正式成为齐彬养女后，接受侍女几岛极为严格苛酷的训练，弹琴、习武之外，阅读《日本外史》则成为她最喜欢的消遣。剧中还有一个很有趣的细节，几岛请她展示书法，写一句自己喜欢的话。她挥笔写下"乾坤一掷"，几岛摇头叹息，提笔写下流丽优美的和歌，要她学习这种更有"女子力"的假名书法。而若论对和歌之美的表现，近年的大河剧中，当推《平清盛》，西行法师、藤原忠通、藤原基俊、寂莲法师、式子内亲王等《百人一首》中著名的歌人，均次第登场。

再说《笃姬》，第十六话中，齐彬打算安排笃姬与水户藩藩主德川齐昭见面。侍女们奉齐彬正室英姬之命，为笃姬准备了整套齐昭亲自修订过的《大日本史》。而笃姬也每日勤读不辍，因而在与齐昭见面时，得以深入讨论此书的细节，受到齐昭的喜爱。《大日本史》是水户藩第二代藩主德川光圀着手编纂的史书，朱舜水也曾参与其中。是书版本众多，有享保五年（1720）版、文化七年（1810）版、文政二年（1819）版，最通行的是嘉永四年（1851）版，日本国立公文书馆内阁文库有此本电子版。笃姬看到的，应该就是这一版。她读书时所用的"书见台"（lectern，置书架），也值得留意。

用于固定图书的书见台高度及倾斜角度正好适用于长期跪坐的姿势，今天落语、净琉璃等传统艺能舞台中也还能见到，用来固定乐谱或曲本。翻检德川家公主们的嫁妆表，在文房系列中，都能见到书见台和阅览绘卷所用的经架。三代将军德川家光长女千代姬出嫁尾张德川家二代光友时的嫁妆，所用纹样均出自《源氏物语》"初音"一帖所咏的和歌，十分豪华精致，今藏名古屋德川美术馆，统称"初音之调度"。当中有一张极为富丽精美的书见台，曾在几年前东京国立博物馆的国宝展中见过，名为"初音莳绘见台"，基座部分附有抽屉，颇为实用。千代姬的嫁妆今存七十件，皆为国宝，宝光绚烂，美不胜收。笃姬出嫁大奥，萨摩藩准备了极为丰厚的嫁妆，剧中称，送亲的队伍进入大奥，大约走了六天六夜，足见嫁妆之盛大。

在茨城常总市的弘经寺，藏有一件江户时代初期《千姬姿绘》。千姬是二代将军德川秀忠的长女，比千代姬要年长四十岁，是千代姬的姑母。画上千姬右手置于凭几，一旁有静静卧着的三花猫，左手轻放膝上。面前是烟具，左侧是书见台，其上还有摊开的书册，仿佛是读书倦后的休憩。由此也不难想象过去女子读书的情形。

东京国立博物馆还有一件16、17世纪之间的木制漆涂书见台，表面绘有菊花、芒草、胡枝子、桔梗等秋草，有五十七枚桐纹，深沉华美，洵为精品。还有一件桃山时代的"IHS七宝系莳绘螺钿书见台"值得留心，两枚书板作X交叉状，为西方读经台常见样式，周身镶嵌螺钿，布满秋草、市松纹样及南蛮唐草纹，正中有"IHS"及十字架图样，及象征耶稣受难的三枚长钉。此为耶稣会传教士所

德川美术馆所藏德川家光长女千代姬嫁妆中的"初音莳绘见台"
© 德川美术馆イメージアーカイブ /DNPartcom

歌川丰国《江户名所百人美女》中一位净琉璃女艺人，画面中可以看到放置曲谱的书见台

用之物，是日本传统漆工与基督教文化相遇之后的产物，由于江户幕府长达两百多年对基督教的禁令，像这样的物品存世极罕。

再说经架，正仓院有一件"紫檀金银绘书几"，前几年曾展出过。当然这是用于看卷子本的读书架，与放线装书的"书见台"形态虽相近，但细节不同。扬之水先生描述为"小小的方座上一根立柱，柱上一根横木，横木两端各有一个圆托，圆托里侧则为短柱，柱上两个可以启闭的小铜环。若展卷读书，便可启开铜环，放入卷轴"，并指出其与杨炯《卧读书架赋》所称"开卷则气雄香芸，挂编则色连翠竹"、"不劳于手，无费于目"、"两足山立，双钩月生"完全相符（扬之水《与正仓院的六次约会——奈良博物馆观展散记》）。郭俊叶《敦煌壁画中的经架》中则对此有更为详细的考述。

前几年播出的《花燃》，题材倒还不错，是讲以吉田松阴为中心的长州藩士故事，但节奏太慢，人物设定又过分幼稚，刚一开始就看不下去。唯独前几集对藩校明伦馆的勾勒、幕末读书人对禁书的好奇与渴求，是我关心之所在。许多大河剧在表现主人公童年、少年时期的学习经历时，往往都有学堂读书的场面，譬如《龙马传》开篇，一群儿童朗读"子曰，朝闻道，夕死可也"。《花燃》也不例外，第一话开篇，就有吉田松阴在自家书房抄写经典的画面，从字面看，应是江户时代最为基础的读物《中庸章句集注》。虽然江户时代出版业大盛，但抄书仍然是读书人获取新知的重要途径。随后，松阴独自远行，求学江户，背负书箱、斗笠、雨伞等，令人想到天理图书馆藏敦煌佛画《三藏法师玄奘取经像》中背负经卷的玄奘，也是江户时代负笈远行的读书人的标准形象。

在剧中，吉田松阴少年时期受到养父极其严格的教育，曾对读书充满困惑，也无法真正领略经典的含义。夜里默默躺着，念诵"至诚而不动者，未之有也"。渐渐的，文字从摊开的和刻本上浮起，接着，书房里堆叠的书籍中，汩汩流淌出大量文字，涌向少年枕畔。少年忽而从书堆中醒来，狂奔到神社的石灯丛中，躺在灿烂星河之下，脑中又浮现出《孟子》："人性之善也，犹水之就下也。人无有不善，水无有不下。"进而思考：为何学习，为何生存。"学则三代共之，皆所以明人伦也。""不知命，无以为君子也。""莫非命也，顺受其正。""至诚而不动者，未之有也。"无数经典文句如潮水般冲向少年，少年忽然领悟，自己有太多未知，必须要学习，并感叹："书并非文字，书是人。翻开书籍便可以接触到他人的见解，可与江户之人相会，可与异国之人邂逅，可与早已故去之人重逢，可遇到与你同样心怀烦恼，希望寻求答案之人。会为你描绘世间百态。令你知道，自己并不孤独。"这一段激情洋溢的"书籍礼赞"虽是最常见浅白的道理，却振奋人心，令人难忘。对经典及汉字之美的艺术表现，也独具匠心。

去年暑假，因对德川吉宗时代的出版业感兴趣，看了当年的大河剧《八代将军吉宗》，可想而知，剧中并没有出现我感兴趣的出版话题。当年的大河剧，尽管不乏戏说，还是远胜今日。人物形象纯真而不幼稚，情节善美而不愚蠢。更难得的是女性角色个个优美，举手投足，如画中人一般典雅可信，大约也是"去古未远"，上一代的人在表现传统人物时更为贴切。去年的《真田丸》虽也精彩，但到底还是太"现代感"，虽穿了古代衣裳（况且也未必完全复古），言谈举止还是今人，到底无趣。我们理解从前人的生活状态、思想模式，须时刻有融入现场的意识，那不是简单的穿越旅行，而是要首先抛下今天的自己，真正做个"古人"。

2017 年 3 月 20 日

大阪震后壁中《春秋》小记

上月 18 日晨，大阪北部发生 6.1 级地震，为 1923 年以来所观测之烈度最大者。京都亦有强烈震感，家中遭遇了一直担心的情形——架上书籍纷纷砸落，幸好没有大事。不久读到新闻，说大阪某家浴室墙皮震落，露出印有字迹的纸页，有"孝敬忠信为吉德，盗贼藏奸为凶德"、"齐圣广渊，明允笃诚"等字，可知为《春秋左氏传》文公十八年的传文。对比文字位置，推测应为秦鼎校本《春秋左氏传》。

秦鼎（1761—1831）为江户时代汉学家，美浓人，字士炫，通称嘉奈卫，号沧浪、小翁、梦仙。其父秦峨眉亦为儒者，师从细井平洲，担任尾张藩藩校明伦堂教授。精于校勘，擅长诗文、书法，多有著作传世。检上野贤知著《春秋左氏传杂考》（东洋文化研究所纪要 第二辑，无穷会，1959）可知，秦鼎《春秋左氏传校本》属于堀杏庵训点《春秋左氏传》、那波鲁堂句读本《春秋左氏传》系统之下的定本，因为附录《经典释文》音义，并在栏外收录各家注解，颇便使用，故素受学者推崇，刊刻众多，流布极广。世有文化八年（1811）本、嘉永三年（1850）再刻本、明治四年（1871）三刻本、明治十四年（1881）翻刻本、明治十六年（1883）翻刻本、明治十七年（1884）五刻本、明治十六年丰岛毅增补活字本、明治十六年近藤元粹增注本等等，皆为两卷一册，共十五册，版本系统相当复杂。

今利用国立国会图书馆、国立公文书馆、早稻田大学图书馆等各在线数据库，获得以下数种电子本：国立公文书馆（内阁文库）藏文化八年本 A、B、C、D 凡四种，国立国会图书馆藏嘉永三年本 E、早稻田大学藏嘉永三年本 F、国立公文书馆藏明治四年本 G、国立公文书馆藏明治十四年本 H、国立公文书馆藏明治十六年本 I、国立公文书馆藏明治十七年本 J。内阁文库另有嘉永三年本一种，明治十四年后印本一种。对照各本版式，可知文化八年本、嘉永三年本、明治四年本与大阪震后壁中所现《春秋》大致相同，这几种均为两截本，上段为各家注释；半叶九行，行十九字，小字双行夹注；四周单边，单鱼尾，版心上为"左传卷几"，再上记"某某年"，如"桓十二年"，其下记叶数。而 H 本为三节本，将原先每卷末所附陆氏音义改至最上截，可称便利，半叶十一行，行十九字；I 本为两截本，半叶十二行，行二十一字；J 本半叶十行，行二十一字。仅从新闻给出的模糊图片，并不能判断此次震后所现壁中书究竟为 A 至 G 中的何本，但不妨对此数本略作分析，考察彼此的关系。

首先看文化八年的四种，封面外题均为"春秋左氏传校本／几、几"。卷一末附《音义拾遗》，其下云："穆本载陆氏音义，大抵在难字转音，不出全文，今附其遗者于每卷之末，始为完物。"上野贤知认为，穆本或指明穆文熙著《左传集解评林》。台湾"国家图书馆"古籍与特藏文献资源有穆文熙《春秋经传集解》三十卷十六

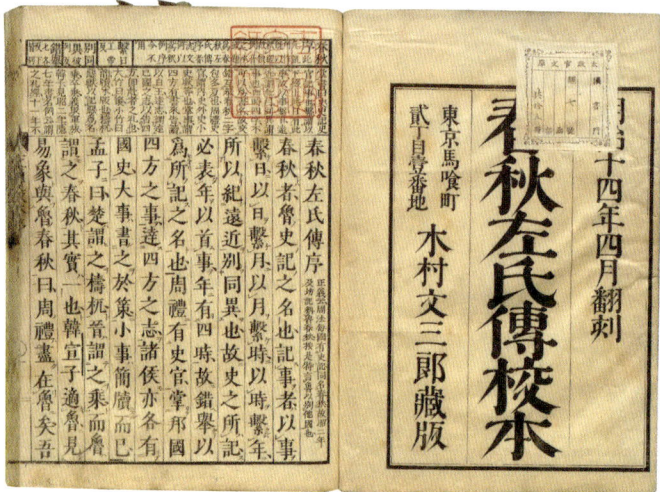

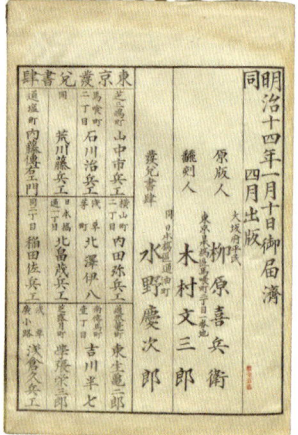

日本国立公文书馆藏明治十四年（1881）翻刻本《春秋左氏传校本》

册，卷中载有部分陆氏音义。此本半叶九行，行二十字，小字双行，双栏，单鱼尾，鱼尾下记"左传传几"，其下记叶数，最下书刻工名，双截本，其上载穆氏辑评。文化八年本版式与之略同，穆本或即指此本，江户时代读书人对此本应不陌生，亦知秦鼎在辑校《春秋左氏传校本》之际，有意识地制作一种更便利本国读者的定本。

A 本卷末有"文化八年辛未夏新镌／沧浪居藏版／左传周顾、左国世族解 嗣出"，并《春秋左氏传国次》、《经传春秋左氏传正文》、《春秋左氏传国字辨》广告一叶，最末为"三都／发行／书肆"半叶，江户书肆有山城屋佐兵卫、须原屋新兵卫、和泉屋吉兵卫、冈田屋嘉七、和泉屋金右卫门、须原屋伊八六家，京都有胜村次右卫门、丸屋善兵卫，大阪有秋田屋太右卫门。B 本卷末"沧浪居藏版"下有朱文方印"沧浪居藏"，之后一叶广告与 A 本同，后有"浪速书铺 田中宋荣堂藏板目录"，标明地址为"大坂心斋桥通安堂寺町南江入"，发行者为"秋田屋太右卫门"，其后缀书目凡六叶，为他本所不见，无 A 本最末"三都／发行／书肆"半叶。C、D 本卷末"沧浪居藏版"下均有朱文方印"沧浪居藏"，亦无 A 本最末"三都／发行／书肆"半叶。对比各本，可知 A 本多断裂、漫漶处，较之 B、C、D 本为后印。可以推测，文化八年早印本卷末应多有秦鼎的朱文方印"沧浪居藏"，后印本则无。而 A 本独有的最末半叶"三都／发行／书肆"，或许揭示了此本版木后来的共同版元，也说明此本最初为私家版，之后版木则被卖给数家书肆。

江户时代的书肆一般都会加入"本屋仲间"（书肆协会）这样的组织，该协会拥有在京都、大阪、江户三大都市流通出版物的权利。持有版木的书店则称为"版元"（或"板元"），版元拥有的权利叫做"版株"。版木可以在各家书肆之间进行买卖及流通，因此虽然是同一版木先后印行的书籍，卷末刊记却往往大不相同。而由 B 本最后所附的"田中宋荣堂藏板目录"，可以推测此本应由田中宋荣堂印刷发行。而田中宋荣堂是江户时代以来大阪出版界著名的书肆、出版商，又称秋田屋宋荣堂，《享保以后板元别书籍目录》及《享保以后大阪出版书籍目录》均载其名，曾出版大量书籍，直到战后才从出版界退场。

再看嘉永三年本 E、F，二者封面题签皆为"再刻／春秋左氏传校本／几、几"，卷首封面云"嘉永三年庚戌秋再刻／春秋左氏传校本／尾张　秦鼎先生校读"。乍一看，嘉永三年本版式、字体与文化八年本均高度一致，但对比之下，还是可以发现字迹的微妙区别。而 E 本卷二、卷十、卷十四、卷十八、卷二十二、卷三十末均作"男　寿／门人村濑诲辅／校字"，不同于文化八年本的"门人村濑诲辅／校字"。寿即秦鼎之子秦寿太郎（1796—1859），亦名秦世寿，号松洲，是江户后期尾张藩的儒者，也曾任明伦堂教授，可知嘉永三年本又经秦寿太郎校订。试检各本，有对文字的订正，如文化八年本序 5a"此类，是推正也"，E、F 本均作"比类，是推正也"。还有许多对读音的补充，如文化八年本《杜预略传》4b"歆遣军出拒王濬，大败而还"，在 E、F 本中，均对"濬"标注训读"シュン"。文化八年本《杜预略传》5a"列兵登陴"，E、F 本均对"陴"注音"ヒ"。同 5a 文化八年本"沅湘以南"，E、F 本对"沅"注音"ゲン"。同 5b 文化八年本"秣陵"，E、F 本对"秣"

日本国立国会图书馆藏嘉永三年（1850）本《春秋左氏传校本》

注音"マツ"。明治四年本 G 均同嘉永三年本。可知嘉永三年本充分考虑到日本普通读者的需求，对一切可能有阅读障碍的汉字作出更为细致的注音，可以说是非常亲切的普及本。不过，版木在各版元之间的流转及翻刻的实际情况非常复杂，不排除再刻本中也有使用文化八年的版木的可能性。非对全三十卷作出细致的比勘，不可轻易下结论。

对比 E、F 本，不难看出 F 本为后印本，多见漫漶。二者卷末刊记也有很大变化，E 本卷末为：

文化九年壬申开板 / 嘉永三年庚戌再版 / 三都书房

江户：须原屋茂兵卫 / 须原屋伊八 / 山城屋佐兵卫 / 冈田屋嘉七

尾张：永乐屋东四郎

京：风月堂庄左卫门

浪华：河内屋喜兵卫 / 河内屋茂兵卫 / 内田屋惣兵卫 / 象牙屋治郎兵卫 / 敦贺屋九兵卫 / 敦贺屋彦七 / 秋田屋太右卫门

浪华即大阪，此版有大阪的七家书肆参与发行，多于江户、尾张、京都之总数。在 F 本卷末则为：

发行 / 书房：

江户日本桥通一丁目 须原屋茂兵卫 / 同二丁目 山城屋佐兵卫 / 同芝神明前 冈田屋嘉七 / 京御幸町御池南 菱屋孙

兵卫／大坂心斋桥南一丁目 敦贺屋九兵卫／同 安堂寺町 敦贺屋彦七／同堺筋金田町象牙屋治郎兵卫

此处有江户书肆三家，京都书肆一家，大阪书肆三家。这种由多家版元共同出版的版本又称"相合板"，在江户中后期十分常见。由 E、F 本卷末刊记变化可知，江户的须原屋伊八，京都的风月堂，大阪的河内屋喜兵卫、河内屋茂兵卫、内田屋惣兵卫、秋田屋等已将版株转卖。内阁文库还有一种嘉永三年本，但卷末无刊记，不知是装订时的疏漏，还是擅自盗印。无论哪种情况，在当时都不稀见。

接下来看 G 本，封面题签为"三刻／春秋左氏传校本／几、几"，卷首封面云"明治四年 辛未秋三刻／春秋左氏传校本／尾张 秦鼎先生校读"，版式与文化八年本、嘉永三年本一致。卷末刊记云：

尾张 秦鼎先生校本／文化九壬申岁开版／嘉永三庚戌岁再刻／明治四辛未岁三刻

浪华：内田屋五郎助／象牙屋治郎兵卫／内田屋宗兵卫

和汉／西洋／书籍卖捌所／大坂心斋桥通北久太良町／积玉圃 柳原喜兵卫

"卖捌"即销售之意，可知明治四年三刻本的版元及销售处均在大阪，版元之一还是嘉永三年本的版元之一。初代柳原喜兵卫曾于江户时代中期在大阪心斋桥开创书肆河内屋，堂号为积玉圃，1918 年设立合资公司柳原书店，战后迁至京都，改为股份有限公司，

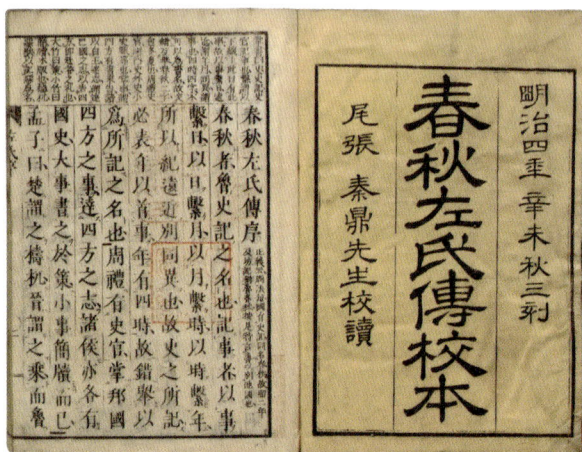

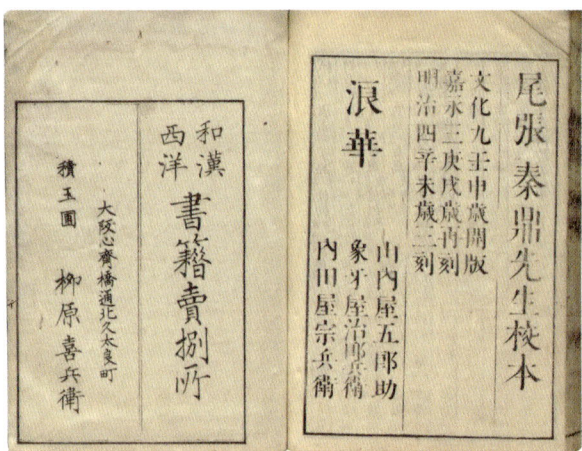

1
2

1. 日本国立公文书馆藏明治四年（1871）本《春秋左氏传校本》 2. 日本国立公文书馆藏明治四年（1871）本《春秋左氏传校本》卷末刊记

现任董事长为第八代柳原喜兵卫。柳原出版公司现在的主要出版方向是江户时期的名所图绘、日本传统文艺，也出过中国文史资料集与研究书，如『中国歴史博物館蔵法書大観』、『遼東半島四平山積石塚の研究』、『翁方綱の書学』等。国立国会图书馆还藏有另一种明治四年本，卷末刊记有关销售处的半叶不同，乃作：

> 发兑／书肆：敦贺屋九兵卫／秋田屋太右卫门／河内屋喜兵卫／河内屋太助／河内屋吉兵卫／河内屋和助／河内屋源七郎／河内屋茂兵卫／河内屋勘助／河内屋真七

其中，河内屋喜兵卫即河内屋本家柳原氏，以下各家均为河内屋分家，可以说明江户时期河内屋经营规模之庞大，也不难想象秦鼎校本《春秋左氏传》曾在大阪地区大量印行。那么，此次壁中所见残叶，究竟是哪一种版本？恐怕很难断定。再回到模糊的新闻图片，可以获知的零星信息有："行父"右侧专名线较粗；"父"右上点勾画细长，末笔捺画较粗短。而文化八年诸本"行父"右侧专名线颇细，"父"右上点勾画较短。明治四年本"父"右上点勾画较短，末笔捺画锋利。似乎嘉永三年本与壁中书最为接近。但考虑到版木流传的复杂性，很遗憾这也只能是极潦草的推测。壁中的残叶可能是文化八年、嘉永三年、明治四年任何一种版木所印，而残叶曾经所在的书籍，也可能出自以上三种年代的任何一种版木。考虑到糊墙用的书叶应该价廉且易得，不妨将断代推后，并倾向于后印本。

新闻里已说明，因为和纸坚密厚实，故而从前会用于建筑材料。

过去传入日本的汉籍从封面到内文用纸多是柔软轻薄，与和刻本的用纸习惯很不同。因此与传入朝鲜的汉籍一样，改装封面极为常见。譬如幕府秘阁所藏汉籍在当时就几乎全部改为色彩优美、质地坚厚的和纸，对于今日想考察原本样貌的研究者来说不能不说是一种遗憾，但也能窥见江户时代读书人关于书籍的审美趣味。和刻本书叶不仅用于糊墙，更常见的似乎是用于糊纸窗、屏风，或者裱褙卷轴，在修复屏风、卷轴之际，常有发现。

新闻还说，有人推测大阪的这栋房子可能已有百年历史。对此我则抱怀疑态度。一则日本自然灾害、火灾很多，普通民家能屹立百年，颇为罕见。二则以书叶糊浴室墙面，无论如何不像百年前爱惜字纸遗风尚存的时代所为。三则和刻本汉籍被视为完全的无用之物，还是明治、大正之后的风气。虽无确证，但我还是推测，这叶书纸埋没壁中，不会是特别久远的事。

明治十六年（1883），大阪出版社修道馆以活字刊行《春秋左氏传校本》，据铃木俊幸研究，此本实际发行要到明治十八年（1885）。卷首有南摩纲纪三纸木刻序言，南摩纲纪为会津藩士，维新变革之际，命运自然为时代所翻弄。戊辰战争之际，南摩家有人战死，有人自杀。而纲纪因学问出众，政局安定之后，得到明治政府赦免，并聘为东大教授，这篇序文便作于当时，文中回顾日本春秋学研究的历史，称颂天皇对经学的重视，赞美德川时代文教之盛，指出印行此本的目的在于"以益海内学徒"，文章颇见时代特色，也可知秦鼎校本的影响力从江户时代一直延续至维新以后。检索网店及各家旧书店目录，各种秦鼎校本均不罕见，价格也不高，亦可推知诸本存世量之大。虽然是版本价值不高的普及书，但于考察江户时代读书风气、各地出版情况、时代变革之下书籍形式的转变等问题之际，依然可以为我们提供不少线索。

2018 年 7 月 5 日，山中暴雨，泥石流警报频发，

应吾友王天然先生之命作此札记

傅增湘影印
南宋监本《周易正义》之始末

一

1935 年，傅增湘费尽周折，购得临清徐坊（梧生）旧藏南宋监本《周易正义》，在与张元济的往来书信中有详尽记述，兹节录其文于下：

> 易疏侍思之廿年，终当为我所有。俟机会到再办，到手决不自秘，但目前尚宜秘之。其值乃破天荒，殊骇物听，不特售者恐招是非，即买者亦不欲宣扬于外，供人指摘。（1935 年 2 月 20 日）

张元济覆信：

> 易疏如此曲折，只可徐徐图之，但终祝其必成。（同年 2 月 26 日）

在得到这部《周易正义》后，傅增湘表示"易疏决印行，又需巨款"（6 月 23 日）。张元济十分关心：

> 承示易疏决印，未知何时出版。际此时局，恐销售正复不易耳。（7 月 8 日）

又催问云：

> 易单疏已否印就，何时出版，急思一见。市面极坏，日币又极低落，虽印价稍廉，而此书销路恐仍以日本为多数。有无预约，售价定若干，是否以国币计算，均乞见示为幸。（9 月 24 日）

傅增湘答曰：

> 《周易正义》业寄东邦，用玻璃版印行，言三月可出书。纸幅装订与《尚书》一律，定价均在百元（国币计）。是否售预约未筹及，公试为计划之。只印二百部，有一友为任印费，亦须数千金也。此书买价人人知之，连印纸约共万七八千金。二百部如全售自可有赢。然投赠及寄售折扣恐耗去二成，亦只取回本。银行债累或可减去半数，其余再设法也。（10 月 8 日）

傅增湘影印南宋监本《周易正义》之始末　149

傅增湘像（徐悲鸿绘）

可知傅增湘选择以珂罗版复制此书，纸幅、装订均参照大阪每日新闻社复制图书寮藏宋单疏本《尚书正义》，即跋文所云"邮致东瀛，选集良工，精摹影印，板式若一，点画无讹，纸幅标题，咸存旧迹，庶与东邦覆印《书疏》联为双璧"者是也。除了出于保存文献之目的，还有以售卖复制本所得充抵书款的打算。此处承担印费的"一友"，应为当时东方文化学院北平人文科学研究所实际的负责人桥川时雄，后文还将论及。有关桥川与傅增湘的交往，稻畑耕一郎已有若干研究。所云"良工"，当为小林忠治郎，因傅增湘曾请小林复制过图书，大阪每日新闻社版《尚书正义》也为小林复制。

1936年2月日本《书志学》杂志第六卷第二号亦有记事云：

易（单疏本）本邦有写本流传，而宋刻本天下仅一部，清宫佚出，经徐梧生、柯凤荪之手，近归傅沅叔之藏，是为天下至宝。最近，北平人文科学研究所与傅氏合议影印，近日发卖。

张元济覆信云：

《周易正义》知在东邦用珂罗版影印，计不久当可观成。承示定价百元，如已出版，敝馆拟购一部。前荷垂询是否可售预约，鄙见似可不必。预约必须减价，否则预约截止后必须加价。百元已不菲，加价更难。果欲得此书者，亦不在乎减二三十元也，特恐知音者少耳。（1935 年 12 月 3 日）

次年 2 月 22 日，傅增湘已收到珂罗版印本，书云：

珂罗版南宋监本《周易正义》，
附有英文宣传小册

藏园霜红亭前傅增湘（右二）与友人合影（1936 年）

《周易正义》刻下已印成寄到（共印二百部，每部售一百元），惟封面后跋以迟到不及订入，在此间补订，尚需时日。俟先订一部，首以奉寄。此是公所购，抑东方馆所购，乞示及。拟亲自题署也。此外友好中如有好古者，并乞揄扬，以冀多销。此书收价、印价耗至一万九千元，欲借此略清积逋，恕不能奉赠，至歉。

据此，则傅增湘的跋文是在复制本自日本寄回后补订，且傅氏赠人之本，均有亲笔题署。今略检各复制本可知，此本约有三种情况：一者如今藏国图者，后有"奉赠北平图书馆鉴藏　第十部　丙子二月沅叔记于读易楼"识语，又今藏日本国立公文书馆者，末叶题曰"丙子三月寄呈内阁文库　沅叔题赠　第十四部"，又今藏日本宫内厅书陵部者，末叶题曰"丙子三月寄赠　宫内省图书寮　沅叔藏园手记　第九部"。二者如京都大学文学部图书馆桥川时雄寄赠本、京大人文研究所藏本，均未经补订傅氏跋文，应是印完后便留在日本。三者如敝处所藏之本虽无傅氏题赠之语，却附有跋文，应为傅增湘在国内用于销售之本。第一种情况中，已确认过宫内厅藏原本，保存极善，纸墨如新。傅氏识语之下还钤有"增湘之印"（白文）与"沅叔"（朱文）两方小印，足见郑重。护叶末有当日寄赠印记："昭和11年3月24日傅沅叔寄赠"，可知此书抵达图书寮在1936年3月24日。另有可注意者，此书正文用纸与跋文用纸不同，跋文似非珂罗版，而是石印，也可与傅氏之言互证。且卷首所题大字"宋监本周易／正义十四卷"及"乙亥嘉平月朔／藏园傅氏印行"

一叶用纸与跋文相同，似亦为后日订入。宫内厅本、国立公文书馆本此叶还钤有"藏园秘笈"、"沅叔持赠"、"藏园督镌"三方朱文印。

傅氏有意识地将本次复制工作比照寮本《尚书正义》复制之规格，可知这也是他心中古籍复制的理想形式之一，值得我们留意。为便宣传，大阪每日新闻社刊行过《秘籍珍书大观印行趣旨并书目》，当中附《尚书正义》书影，并内藤湖南略解。敝处所藏《周易正义》复制本亦附解说册，内有卷首、卷末书影各一叶，并详尽准确的英文解说，凡四叶，惜不知出于何人之手，足见傅增湘对此复制本之重视程度。为广开销路，他还致函教育部，建议各图书馆、大学购置此书。教育部1936年4月15日公函云：

> 顷接傅增湘先生函，略谓宋监本《周易正义》，系宋代官刻，海内无二部，盖群经正义宋刻本存于世者，止有七种，而日本已有《书》、《诗》、《礼记》、《尔雅》四经，常以此矜诩于吾国。此书旧藏徐监丞家，宋人藏印至多，覃溪精楷题跋，卷页完善无损，堪称双绝，为世奇宝。故奋力购藏，照原本影印二百部。定价每部国币一百元。发行处北平文津街北平图书馆，北平琉璃厂文友堂书坊。此书为正经古本，学术所关，拟定由大部通告都市各馆及专门大学，各购存一部，俾好学之士，皆得循讽，其裨益于经学甚大等语。

对此，教育部部长下令介绍各处量力购买。而文友堂是琉璃厂规模最大、最具影响力的书肆之一，与傅增湘往来最密，匾额亦为傅氏所题。据谢国桢回忆，傅增湘但凡下午有空，必至琉璃厂，"先到信远斋买了精制的冰糖葫芦，然后到文友堂书店的魏经脮老先生家去，一边吃着冰糖葫芦，一边为他们鉴别善本书籍"。

因此书耗费过巨，向与张元济亲厚的傅增湘今番也令其自购。而张氏随后表示以东方图书馆名义购入，托北平分馆交款。不久，张氏又去信云：

> 内藤虎次郎之《毛诗单疏》前半部亦已出版，精华日显，吾辈眼福可傲古人。（5月8日）

即1936年东方文化学院珂罗版复制的内藤湖南藏宋椠单疏本《毛诗正义》（凡乾坤二帙，分别于是年3月、11月出版），这是东方文化事业古书复制计划的第八种。至此，近代以来中日两国以珂罗版技术复制宋版五经正义之事业已告一段落。而傅增湘影印《易疏》之举，亦不妨置于此连贯事业中加以考察。

二

中日战争爆发后，日本东方文化学院古书复制事业亦告终止，据1938年清点库存的记录可知，除《礼记正义》外，其余各种库存量都很大。那么，傅增湘复制的这两百部《周易正义》，之后命运如何？

据傅增湘致玉砚信中云：

《周易正义》定值壹百元，各店代售者，敝处实收九十五元，乞转告。（近时日本新印《毛诗正义》，价百八十元，尚缺首七卷，纸墨亦大逊）（1936 年 5 月 11 日）

虽然傅增湘认为自己的《周易正义》质量优于《东方文化丛书》的《毛诗正义》，但以所见本视之，似乎并非如此。个中缘由，或许是制作匆忙之故，也提醒我们珂罗版制作水平之发挥并非一贯稳定。

关于此书的题签问题，沈亦云的回忆为我们提供了不少细节：

我与母校（按：即傅增湘创办的北洋女师范学堂）最后一个纪念，为赠沅叔师所影印的善本《周易正义》，书后有他手写长跋。当付印时，我承命预约十部，出版后仅求五部，四部分存于文治藏书楼、新中国建设学会等处，皆有师手题第十六、七部字样，及膺白和我的款。其余一部我请师直接由北平寄赠天津母校图书室。（《亦云回忆》之《到天津读书》）

而傅增湘寄赠沈亦云的这部书，今藏上海图书馆，题云："奉呈亦云夫人　丙子三月藏园记　第十八部"。本次师顾堂即据此本影印。

《文求堂书目》第一期上册（1938 年 3 月版）书后附有"藏园老人傅增湘著作及刊印书目"，末叶有较为醒目的广告牌记，云："宋监本《周易正义》十四卷／藏园傅氏照原本／珂罗版加工精印／桑皮纸／四巨册／实售价洋一百元／本店寄售。"

1939 年，傅增湘将原本《周易正义》转售陈澄中，"幸获善价，夙累为之一清"（1940 年 11 月 17 日致张元济函）。到 1940 年代，据说珂罗版复制本市面已甚罕见（挹彭《聚书脞谈录》，收入谢其章编《东西两场访书记》）。邓之诚后来的记述则更令人叹惋：

> 六元得影印北宋本《周易正义》，此书徐松旧藏，道光末，散归厂肆，展转归数主，光绪十五六年，徐坊以五百金得之，诧为豪举。民国丙寅（1926）其子托柯劭忞献于潘复，求美差，为柯所匿。柯死，其家以之觅售，索八千金，竟为傅增湘所得，携往日本，定价二万，无售者。乙亥秋，始由东方文化委员会出资四千，影印二百部，东方及傅各得一百部，每部定价一百元。未几，中日战起，书不能销。解放后，傅氏后人以贱值卖出，无过问者。今值六元，尚不及成本三之一，使为通俗之书，或今日已超过百元，亦未可知耳。（《邓之诚文史札记》1956 年 12 月 24 日）

"中日战起，书不能销"之语，实在可惜。徐坊之子徐锺蔵（圣与）以此《周易正义》托柯劭忞求职之秘事，亦见顾廷龙回忆徐森玉所言，当中多有令人瞠目之曲折情节：

> 席闻先生因宋刻本《周易单疏》流出事，外间颇多传闻异词，询诸徐森玉，以明原委。据徐云，此书徐梧生物，梧生子托柯凤孙持此以向潘复谋事。某日，柯晤潘即面恳之，

再造善本南宋《周易正义》卷末傅增湘识语

未及以书相赠也。而潘重柯，嘱翌日即委以优差，既亦忘送其书。或人从徐处得闻《周易单疏》之归潘，金乞一阅。潘力辨其未有，人益责其晦莫如深，潘卒至赌誓以为信。后柯子昌泗夫妇素不睦，夫人甚悍，系薛叔芸之幼女。凤老颇欲令仳偶，曾托森翁宴法界名流共商此事。咸谓不可，或劝昌泗他适，与之别居，遂纳一宠。既有子，凤老知其媳之为人，恐将来子之妾断难分得家产，爰出此书付之。曰，异日鬻此，足为尔子之教育费矣。凤老殁，森翁即向昌泗物色之，而昌泗谓在其妾处不获见。商之再三，昌泗乃约森玉与其妾面晤，后言定价值万三千元矣。森翁拟以归北平图书馆。馆有委员会，陈援庵为主席，往请裁定。则曰不必费此巨值购一《周易》，力主勿购，遂罢。森翁不得已，访傅沅叔，劝其收之。傅有难色，卒勉力筹款以得之。某日，在番菜馆与昌泗及其妾三面清交。后为日人桥川得悉，极欲得之，与傅商再三后，乃借之影印。前年，傅售与陈澄中三万三千元，为自来宋本价值之最巨者矣。(《顾廷龙年谱》引顾氏 1941 年 5 月 13 日日记）

傅增湘曾于 1926 年至徐坊宅中看得此宋本《周易单疏》，张元济亦极感兴趣，之后二人对此书念念不忘。后傅增湘托廉泉（惠卿）居中介绍，但因廉泉急逝，又陷僵局。傅增湘不知内情，百思不得其解："易疏原由廉惠卿来说，今廉逝，此路遂断。然廉当日词亦闪烁甚，要于柯世兄有关，但渠亦讳莫如深，斯异耳。"(1932年 12 月 22 日致张元济函）陈垣不同意北图斥巨资收入此书，固与当时的学术风气、自身的史学立场，以及当时北图的经济状况有关，的确是合理的判断。邓之诚回忆中称傅增湘曾携此书往日本求售，但傅增湘 1929 年之后未再去过日本，似不可信。其云"由东方文化委员会出资四千"，与前文傅氏信中云"有一友为任印费"相合，或有依据。此珂罗版《周易正义》书末多钤"影宋《周易正义》凡十四卷北平人文科学研究所借傅氏双鉴楼藏本印行岁在乙亥冬日"之印，格式与《东方文化丛书》书末所钤之印颇近，亦为将此书

珂罗版南宋监本
《周易正义》卷末朱文印

置入中日两国以珂罗版技术复制宋版五经正义之连贯事业来考察的一条理由。

三

既然此珂罗版《周易正义》生不逢时，频遭冷遇，何以今日的我们还要复制此本？在扫描、摄影等技术突飞猛进、大大超越于傅增湘时代的今日，对珂罗版的关注，究竟还有多少意义？这也是我时常思索的问题。

我们知道，近代以来，石印本因价格低廉、制作效率颇高，很大程度上促进了出版物的流通、普及。即便是经济情况很普通的学生，购买石印本也不是问题。而珂罗版因其印刷细腻、高度存真等优点，使无法得到原书的人们可以一览原书样貌、细节，也可据珂罗版再行石印或镂板刊行，完成数量大且成本低的复制。中国，主要是上海的石印本汉籍大量输入日本，日本成熟的珂罗版技术又复制了许多珍贵汉籍。中国学者、藏家也会委托日本的珂罗版技术者复制自己的收藏，并将复制书售往日本，其效率较之前代的版刻技术，已不可同日而语。此两种技术互为补充，都极大促进了近代中日两国汉籍交流及学术的发展，是为印刷技术之变革影响汉籍复制、学术发展的又一佳例。

有关古籍复制是否要全部保留原样的问题，今日犹引人深思。研究者、读者对典籍影印的要求也在发生变化。人们不仅止于考察文字之原貌，也逐渐希望尽可能掌握文字之外的各种信息，包括墨迹之浓淡，前人留下的眉批、书跋（包括前人以为无用的日人所留训点），甚至纸张纤维的痕迹。这也是为何近百年前影印的珂罗版典籍，至今依然魅力不减。更有如师顾堂者，发掘昔日珂罗版复制精品，翻印于世，俾使当年受技术、成本所限而发行量甚小的珍籍复制本更大程度地为人所用。

为师顾堂影印傅增湘珂罗版《周易正义》作此解题，丁酉小满于北白川畔

傅增湘旧藏在日本

一

1928 年 7 月，傅增湘元配凌夫人（名万钺，字序珊，四川宜宾人）去世，自己也病痢三日，困苦不堪。他在给老友张元济的信中叹息道："目前不过悲伤，此后家政无人主持，痛苦之日正长。"不久，傅增湘次子嘉谟又因肺疾辞世。事实上，从前两年开始，他就频遭叔、伯、弟、侄、长女之丧，复遭亡妻亡儿之痛，哀惨已极，同时更遭遇了严重的经济危机。此年 9 月 4 日回复张元济信中云：

> 从前家事皆内人主持，侍乃一切不问，第规定每月费若干而已。目下小妾来归已逾十年，寻常日用差可经理，其略重要者非侍躬亲不可。此后绝不能如前时之随意出游毫无挂念矣。至于经济情状，则大非昔比。各种股票收入锐减，而支出加多，益以家事迭有丧亡，用款更不能预度。先叔先兄两房及川中家族皆须贴补，每年总在三千元以上。以此五年以来积欠至三万余元，每年付息须四千元，长此拖欠，终非了局。

傅增湘在藏园池北书堂前（1934 年）

为筹补亏空，他想到卖去京中住宅，但无买主，接下来：

> 于是不得不出于卖书一途，若能售出一小部分，得三万元，则一面收小局面，方有支持之法。第目下安得有嗜书如我辈者而语之乎。若售之外人，则全部同去，未始不可得善价（刻下东方、北海两馆无意购大批古书）。然数十年精力所聚，而举以委之外人，私心固所不欲，清议亦殊可畏也。

可知傅增湘的目标筹款金额在三万元，且理想的方式是一举售出，但东方图书馆、北海图书馆在当时无意购入大批古书。卖给外国人，虽可得善价，但于公于私又多顾虑。而其时日本的书商、学者、图书馆机构正在购买欲高涨、购买力强盛的时期，傅增湘所畏之"清议"，应指将书售与日方之后可能发生的情形。近代以来，敦煌经卷、皕宋楼藏书等珍籍大量外流，每令知识界痛心，并开始有意识地保存本国图籍，防止被外人觊觎。傅增湘与张元济在书信中就时常共享书讯，譬如傅增湘曾建议张元济收入若干钞本宋元人集，因为"公处不收，则恐归日本矣"。中日两国之间图书交流自古密切，原多佳话，但在1928年"济南事变"发生后，两国关系已极敏感。傅增湘时任日本外务省在华成立的东方文化事业总委员会图书筹备委员，虽远离政界，但以其社会地位及声望，值此非常时期，自然不可不谨慎行事。因此，他想到的是拜托张元济留意买主，分散出售亦可接受：

特敬以告公，祈为留意，如有销售之法，则无论宋元钞校及明刊精本均可割爱。若馆中能为销去一部分（每一批能得一万或八九千方合算），亦可稍解目下之围，大约能觅得三四处受主，则三万之数方可凑齐。若以期之一处一人，恐决难办到也。公能为划策出奇否。

张元济随后覆信云：

售书诚不得已之下策，然此时诚不容易。谋诸馆中，亦非其时。孝先之书售与南京大学院，闻尚得价，兄知之否。可否将拟斥去之书先开一目，存于敝处，或有创设图书馆者，当为介绍。

孝先售书事，即 1927 年邓邦述经蔡元培斡旋，将藏书售与中研院史语所之事，据云价值五万金。伦明咏其事曰："半生仕宦为书穷，可奈书随债俱空。"

1929 年 2 月 16 日，张元济致书傅增湘，探讨海源阁藏书保存一事，希望傅能出资加入。而傅于清明节覆信拒绝云：

然精力费用，实已竭尽无余，此后更当从事省啬，并专心卖书，以弥债窟。但此一年中非得三万元不能济事。故无论宋元抄校精善普通各本，苟能得价，即陆续去之，更无余力收入矣。

言辞间足知此时傅增湘财政危机困厄之剧，而在售书之前，他也想到援引涵芬楼秘笈之例，影印自藏的珍善本，毕竟"数十年精力所聚，若一旦散去，亦殊可惜"。同年6月1日，他在给张元济信中开出欲售书目九种，"乞相机为之，但非得万元以上之价，侪不愿售也"。他认为，当时有能力购入大宗善本者，惟潘明训，但对方迁延不肯出价。

二

1929年秋，傅增湘携长子傅忠谟先于上海访张元济、白坚、罗振常、陈乃乾等人，仍偷闲买书。之后东游访书，白坚亦同行。据高田时雄考证，1920年代至1930年代之间，白坚经常来日本，主要目的在于倒卖文物，充当掮客。此番东行也不例外，忙于私事的白坚抛下语言不通的傅氏父子，令傅增湘大为烦闷（高田时雄《李滂与白坚——李盛铎旧藏敦煌写本流入日本之背景》）。幸好之后访恭仁山庄、东福寺，见诸多善本。又游览清水寺、岚山、南禅寺、银阁寺、金戒光明寺、奈良等地，心情渐舒。之后在东京访各公私图书馆，有田中庆太郎、长泽规矩也等友人周到安排、悉心作陪，更是畅快无比。可注意者，是他与田中庆太郎的接触。因为我们很快知道，在接下来的一年，他将欲售之藏书托付给了田中。

傅增湘到东京，是在11月9日，即访旧友田中。同月15日，至静嘉堂观书，检《册府元龟》阙文各卷，"随行者有田中子隆君与长男忠谟，于是三人竭半日之力，合写六千余字，尽补其脱文错简以归。十余年来隔海相望，神游目想，悬此宏愿而不能得者，一旦幸而见偿，东行快心之事，当以此为第一矣"（《静嘉堂文库观书记》）。17 日，至逗子，访田中家。19 日，与田中同至东洋文库观书。当晚离开东京，往京都，又作数日之游，访书、逛博物馆、游览寺庙、流连书肆，于月底尽兴归国。

田中与傅增湘的交游早始于清末民初，傅增湘的《藏园群书经眼录》（下简称《经眼录》）、田中的《羽陵余蟫》均显示出二人对彼此的藏书状况了如指掌。据说文求堂入口处悬挂的牌匾也由傅氏所书（中山久四郎《赞文求堂》）。此番东行，傅增湘是否与田中谈及售书事？是年 12 月 19 日，傅增湘致张元济信云："侍售书事若何，盼代为留意。明训不肯出价，恐难成也。"可知至少在此年年末，傅增湘依然不曾放弃请张元济留意售书之事。

1930 年 1 月 29 日，张元济致傅增湘书云：

> 潘明训称《白六帖》《龙龛手鉴》均愿购藏，百衲《通鉴》要看全书，其他各书亦须看书，方能定价。又问宋刊《陆放翁集》有无割爱之意。又乞《双鉴楼善本书目》。此君财力充足，亦甚好书，但不肯出价耳。

2 月 18 日，傅增湘应潘氏之意寄出《双鉴楼善本书目》，请张元济转交，答书云：

> 明训购书恐不出大价，难以言成。百衲《通鉴》印本可证，

但其中有明钞二卷耳。《陆放翁集》原值在二千外，因为海内孤本，又有黄跋，看价稍高，若得三千元可以奉让。各书如要看，非有妥便不敢寄。近有人议价一单，尚未成。各书多半在内，稍缓何如。若潘能出四万元之值，则所藏宋本可令其选购，但其中有十数种不售耳。

显然，在傅增湘看来，潘明训并非理想买家，此处议价一单的某人是谁，连张元济都不知道，固为秘事。而以此前屡屡急求张氏寻找买家，到"稍缓何如"，并对潘氏提出较高的价格，其间态度之转变，不难看出他感情上对这位新买家的偏向。

3月1日，张元济覆信云：

> 售书事已函告潘君，凡购四万元可以选择之说亦已告知，斟酌再复。来示属少缓，故未催促。

5月18日，傅增湘书云：

> 前所托各书已有受主。罗子经昨来函为潘公谐价，已略告知，惟《通鉴》尚未去，然此书非得善价不愿舍去。告以万元，恐此公必骇讶而退耳。侍拟再售万余元之书，及可尽清宿负，仍希为留意及之。凡目中元明钞校皆可指索，宋本则有十数种须留以自娱耳。

同月 29 日又去信云：

> 近略卖书籍，得万余元，悉数还债，只了三分之一耳。

6 月 3 日张元济覆信云：

> 承示前拟售之书已有受主，不审可得善贾否。斥去者为
> 何书，尚祈见示。潘君处遵即转达，如有回音，当即奉告。

以上数函可知如下几点：刊于 1929 年的《双鉴楼善本书目》
充当了购书指南的功能；在 1930 年 5 月中，傅增湘已售出部分藏
书，得万余元之价；而潘明训因买书多费踌躇，又请罗振常居中议
价，已被傅增湘排除在目标买家之外，以致要故意标高价目，令其
自觉退出，并希望张元济继续物色更理想的买主；很快，双鉴楼部
分藏书已有受主，正是文求堂主人田中庆太郎。

2009 年，桥本秀美在为"傅增湘先生逝世六十周年纪念展"
所撰纪事一文中，详考东京大学东洋文化研究所、京都大学人文科
学研究所藏傅增湘旧藏书的情况。通过此文我们知晓，东方文化学
院东京研究所（东大东文研前身）在 1930 年从文求堂购入一批重
量级善本，当中可称"顶级善本"者，为宋版《仪礼经传通解》（已
由桥本秀美整理影印出版，收入"重归文献"系列）、宋版《礼记
释文》，此二书登记入库的时间，在 1930 年 6 月 23 日。同年 10 月
28 日，又登记了文求堂购入的傅氏旧藏宋版《礼书》、明陈凤梧刊《仪

礼注疏》。同年 5 月 26 日，东方文化学院京都研究所（京大人文研前身）也从文求堂购入傅氏旧藏《三朝北盟会编》、《广东通志》、《广西通志》。而这一批书籍，包括同年东方文化学院东京研究所 12 月 18 日由文求堂购入的另外十五部傅氏旧藏在内，均未出现在田中庆太郎编辑的《文求堂书目》中。从张、傅二人通信来看，傅增湘此番交易至迟在四五月间已谈定。而从东西两京东方文化学院的购书记录来看，5 月末至 6 月末，书已归藏两地馆中，效率甚高。期间各方往来的文书虽暂不知所踪，但可以想象交易进行之隐蔽、迅捷。不妨推测，这批图书一开始就被两京东方文化学院看中，通过田中文求堂居中交易。作为东方文化事业总委员会图书筹备委员的傅增湘，与东方文化学院的学者素有交谊，而田中与傅增湘也早相友善，这都是交易顺利进行的保障。

三

1920 年代，是中日两国书籍交流史很重要的时期，有几种现象颇值记录。其一，两国公私图书馆都日渐完善，名门旧家散出的珍本善本，很多都收入图书馆，并以影印出版的方式化身千百；其二，1923 年关东大地震，日本图书损失惨重，促使日本公私机构、学者、旧书店主更积极地搜书、复制图书，随后也带来了昭和初年日本旧书市场的高潮；其三，1929 年，东京、京都成立了东方文化学院研究所，购书方针以一举购入某藏书家旧藏为主。从 1928 年开始，日方就有意购入叶德辉观古堂、康有为万木草堂藏书，但并未实

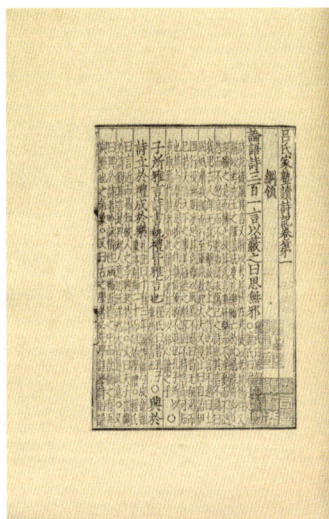

1.《文求堂善本书目》书影　2.《文求堂善本书目》之宋刊《吕氏家塾读书记》

现。后来又拟收入海源阁藏书，亦未成功。1929 年，仓石武四郎、松浦嘉三郎以三万元为东方文化学院京都研究所购入陶湘藏书，凡五百九十一种。同年，东京研究所也以三万四千美元购入了徐则恂的东海藏书楼藏书。

1930 年 10 月，田中庆太郎出版《文求堂善本书目》，列书一百二十一种，并三十七种书影，其中不乏傅增湘旧藏。至此，傅增湘售书之事暂告一段落。据高田时雄、刘玉才整理出版的《文求堂书目》可知，现存最早一期在 1901 年，名《文求堂发兑唐刻书目》，之后每年出版一期或两期，题作《文求堂书目》、《文求堂输入唐本目录》、《文求堂新古唐本书目》、《文求堂唐本目录》等等，通常为三十二开。称作"善本书目"者，仅此一期，以铜版纸精印，十六开大册，堪称文求堂书目之最，也是田中庆太郎收书生涯中最光辉得意的一页。除双鉴楼旧藏之外，还有很多名家旧藏，如该目录经部著录的《吕氏家塾读诗记》三十二卷十六册，据顾永新考证，此当为丁日昌氏持静斋藏本，并推测是书归文求堂所得后，又归莫伯骥插架，现为国图藏本。据高桥智云，双鉴楼这批旧藏多未抵达日本，而是存在文求堂设在北京的书店，然而具体地址已不可考。不过据仁井田陞回忆，1933 年之前，为撰写《唐令拾遗》一书，曾向田中借阅双鉴楼旧藏，田中也慷慨地将文求堂图书室开放给他，当中就包括宋本《通典》、宋本《白氏六帖事类集》等，《唐令拾遗》还收入了后者的一叶书影（仁井田陞《文求堂和我》）。而仁井田陞当时在东京，这里说的文求堂图书室自然也在东京。这则细节告诉我们，1930 年代初期，双鉴楼旧藏中，至少宋本《通典》、宋本《白氏六帖事类集》已经来到日本。

对比《文求堂善本书目》与《双鉴楼善本书目》，并参照《经眼录》，可以确定，前者所列一百二十一种书中，约有二十七种出自傅氏旧藏，多属经史二部，版本信息几乎照录后者。有些沿袭了一些明显错误，譬如《大戴礼记》十三卷，两本都作"明袁褧覆宋刊本、九行十八字、篇中宋讳均缺笔"，检图录可知，应为"十行十八字"，可知九行乃十行之误，这在《经眼录》中已然更正。有些条目略作补充，如《双鉴楼善本书目》中有《辽史》一百十六卷，曰"元刊本，十行二十二字，黑口，四周双栏"。在《文求堂善本书目》中，添加了"卷百十一至卷百十五共五卷抄补"一句。"《舆地广记》十二卷"一条，《文求堂善本书目》特地指出为"宋代糊粘装"（即蝴蝶装）。也许是傅增湘不欲张扬售书之事的缘故，《文求堂善本书目》解题丝毫未提及其名，不过书影中并未掩饰傅氏的各种藏印。

1930 年 7 月 10 日，刚刚卖完一批书的傅增湘又以二千一百二十元之价收入徐坊旧藏宋刊元修明印《魏书》，在致张元济书中云："第侍方以卖书了债，又忽增此巨款，亦竭蹶也。"张元济覆信云，此书价格虽不贵，但考虑到傅增湘刚刚卖书了债，又有此支出，难免竭蹶。因有一策："现时由商务印书馆付价。异时兄有余赀，可以原价将此书取去。"傅增湘深爱此书，乃以其与已藏《南齐书》同属"眉山七史"，又同为礼部官书旧藏，森然双璧，一旦归于架藏，自无出让之理。故而回信谢绝云：

魏书价值已付讫，不过在银行多透支二千余元耳。近以售书稍得补益，虽不能扫清宿逋，然统计只欠一万余元，尚可逐渐设法，盛情心领可耳。

又因听罗振常说市上有宋本《陆士龙文集》（现藏中国国家图书馆），请张元济代为鉴定，并表示"近日若能售去普通之书，亦拟收之"，足见其"借债以买书，鬻书以偿债"的状态。

四

再来看《文求堂善本书目》，当中二十七种双鉴楼旧藏，后来去向如何？图书检索系统为我们指明若干线索。如元刊明修本《纂图互注老子道德经》二卷、《纂图互注南华真经》十卷、《冲虚至德真经》八卷，后经实业家户川滨男收藏，今归庆应义塾大学图书馆所有。著名的宋本《通典》、《白氏六帖事类集》、《豫章黄先生文集》三种，由天理大学附属天理图书馆购得，均为重要文化财，可见同馆所刊《善本图录》。说来天理大学与傅增湘缘分甚深，此番经文求堂购入的图书，可检索者还有明刊《辽史》、宋刊《乐书》等。而傅氏 1929 年访日期间持赠内藤湖南的朱印本《龙川略志》六卷、《龙川别志》四卷，今也藏于天理大学。1938 年傅增湘赠送平冈武夫的金刊本《尚书注疏》残卷，亦归天理大学插架。

吉川幸次郎留学北京期间，曾拜访过傅增湘，晚年回忆云：

傅先生与天理图书馆颇有缘。因为馆内最顶级的汉籍——

宋版《通典》和《白氏六帖事类集》，二者都是傅氏旧藏，经田中庆太郎中介，入藏馆中……1931 年春，我留学结束，归国前夕，偷闲与桥川时雄拜访了傅增湘在西城的宅邸。这是我与他第二次见面，第一次是在哪里见、具体情况如何，我已经不记得了。那是与大官僚身份相符的深宅大院，有壮大的紫檀家具，还有成列的书橱。应该早过了七十岁吧，很瘦，长脸，胡须，眼镜，比起说气质悠然，更见其锐利。他刚从南方旅游回来，展示了此行新收获：宋版《欧阳文忠公集》。隐约记得和天理大学所藏伊藤仁斋旧藏宋版相似。张元济先生很想影印此书，不过傅先生好像说要等调查一下和其他宋版有什么关系，再作答复。他又打开一个书橱，取出《四部丛刊》中的几册，朱墨灿然，是与新得宋版的校勘内容。只是我已不记得是什么书了，只记得那朱色质量极好。先生问，你回去会做教师吗？我答，不做。其间大概休息了十分钟，前后叨扰了一个多小时。而先生身旁一直侍立的，是他的公子。（吉川幸次郎《旧梦数片——两大藏书家的回忆》，天理大学附属天理图书馆馆刊『ビブリア』第 68 号。）

而双鉴楼这批旧藏，除了流向日本，也有一些留在了国内。1933 年初，周叔弢也见到了这册《文求堂善本书目》，当中最感兴趣的是北宋本《通典》及绍兴本《东观余论》，最终斥资购回后者，不使其沦于异域。有题跋详述此事云：

癸酉正月，获见日本《文求堂书目》，著录宋元明本凡百余种，其中多沅丈旧藏，余尝于双鉴楼中得摩挲者，尤以北宋本《通典》、绍兴本《东观余论》最为罕秘，盖海内孤本也。《通典》索价一万五千元，余力不能赎，乃以日金一千元购此书归国，聊慰我抱残守缺之心。独念今者边氛益亟，日魔地奚止百里，当国者且漠然视之而无动于中，余乃惜此故纸，不使沦于异域，书生之见亦浅矣，恐人将笑我痴绝而无以自解也。噫！二月十二日弢翁记。

在查考双鉴楼旧藏书目流向时，还发现一个很有意思的现象，即列于《文求堂善本书目》的藏书，并非都流向了市场。二战末期，东京日比谷图书馆为保护图书计，收购大量学者、藏书家的藏书，进行文物转移工作。1945 年 5 月空袭中，日比谷图书馆被焚，馆内藏书也化为灰烬，幸而转移到别处的藏书安然无恙，成为战后东京都立中央图书馆的核心部分。文求堂的部分藏书也在转移对象中，即现在东京都立中央图书馆的"救堂特别收购文库"。当中是否有双鉴楼旧藏？可留意者，是救堂文库目录著录的"《南史》八十卷，元大德刊，明嘉靖十年修，南监"。

《经眼录》卷三元大德十年刊"南史八十卷"条："十行二十二字，白口，四周双栏，版心上方间记字数，下记刊工姓名。补板则大黑口，字体潦草。每卷首行小题在上，大题在下。钤有'恩福堂藏书记'一印。（海源阁遗籍，庚午岁收得。）"，《藏园群书题记》史部一收入此本跋文，"虽有补刊，要是元修元印，固远胜之。全书完

东京都立中央图书馆救堂特别收购文库藏明嘉靖十年递
修本《南史》书影（傅增湘旧藏）© 东京都立中央图书馆

整，闻为海源阁所庋，第无印记可证，只
存恩福堂藏书记一印"云云。《文求堂善本
书目》"南史八十卷"条云："元刊明修本，
十行二十二字，有云轮阁、艺风堂藏书印。"
此三种是否有关联？今调查救堂文库藏本
可知，此本钤有"双鉴楼藏书印"、"藏园"、
"傅沅叔藏书记"、"龙龛精舍"、"江安傅沅叔藏善本"等印，及"东
京都立日比谷图书馆藏书"、"日比谷图书馆"等图书馆藏印，的确
是傅氏旧藏，但显非海源阁或缪荃孙旧藏。此本为明嘉靖十年递修
本，十行二十二字，白口，四周双栏，版心上记篇目卷数，下记页数，
卷首大德丙午刊书序阙第三叶。尾崎康《正史宋元版之研究》中指出，
日本所存元大德十年广德路儒学刊本《南史》，均为嘉靖十年前后
修补的南监本，救堂文库旧藏本之外，内阁文库、书陵部、东洋文
库、静嘉堂、蓬左文库、杏雨书屋均有收藏。据郭立暄的研究可知，
今上海图书馆藏有明洪武间翻刻元大德十年本《南史》一种，为明
初补版印本，原为海源阁旧藏，后亦归傅增湘。由此我们可知，傅
氏曾经至少藏有三种《南史》。那么，救堂文库本何时来到田中手中，
是否在傅增湘1930年售出的这批书当中？暂不可考。但至少可以
揭示，傅增湘藏书之丰富，大大超出目录记载的范畴。他与田中的
书籍往来，也超出了文求堂书目的记载。

另有可疑惑者，是救堂文库本首页还钤有"山田文库"墨印，
函套内记"山田朝一文库"字样，何以目录又将其归于救堂文库？
询诸东京都立中央图书馆善本室工作人员，称墨印和函套字样应该

有误。这批图书当年躲过战火，从外地搬回东京时，状况极其混乱，钤错印章的现象十分常见。在收购图书时，馆内曾有非常详尽的记录，某书从某处购来，花费几许，但该记录也毁于战火。不过，据馆员代代相传的经验，此书属于文求堂旧藏，应毫无疑问，只是混乱中钤错了文库的图章。这也说明完全信赖图书馆印记，甚或目录，有时难免有风险，一些信息，非亲自查验原本而不可得。

而田中的另一部分藏书，直到他1951年去世之后，才以文求堂旧藏的形式，被图书馆收藏。譬如1964年京都大学文学部图书馆买下的"十砚山房旧藏书"，凡一千零六十册，即属此列。当中元刊明修《尔雅注疏》十一卷、宋刊《古史》六十卷，均为双鉴楼旧藏，见诸《文求堂善本目录》及《双鉴楼善本书目》等等。且举宋刊《古史》为例，《经眼录》记云：

> 宋刊本，半叶十一行，每行二十二字，注双行同，白口，左右双栏。版心上记字数，下记刊工姓名，版心题"古史本纪几"，或"世家几"，每卷以数目记数，全书更以千字文一字通记于上方。宋讳避至桓字止，慎字不避。当是绍兴时刊本。间有补版，在明正德以前。首自序，不题名氏，次总目，计本纪七，世家十六，列传三十七。本书小题在上，大题在下。
>
> 收藏钤有"陆沆字冰篁"、"陆僎字树兰"、"吴中陆敬字俨若号爽泉所藏"、"平原敬印"、"思原斋收藏"、"陆沆之印"、"靖伯氏"等印。（丁巳岁收得）

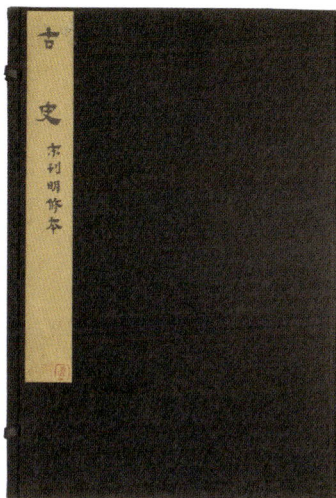

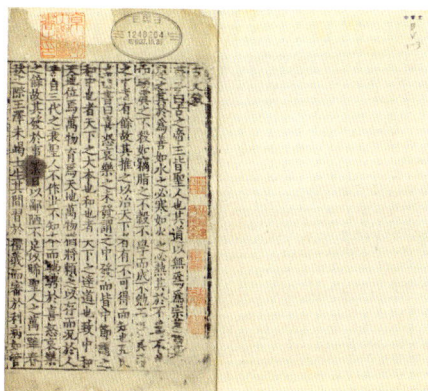

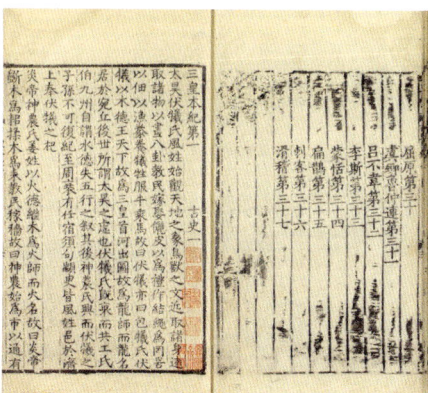

京大文学部藏傅增湘旧藏《古史》，函套签条为田中
庆太郎题写 © 京都大学文学部图书馆

今此书作乾坤二帙，凡十四册，棉纸镶衬，间有补钞叶。函套签题作"古史宋刊明修本"，乾帙下钤朱文"庆"字印，坤帙下钤朱文"子祥"印。除《经眼录》所列藏印外，还钤有"双鉴楼收藏宋本"、"藏园"、"藏园居士"、"沅叔审定"、"沅叔"、"傅增湘印"、"长春室主"、"莱娱室"、"龙龛精舍"、"双鉴楼主人"、"傅沅叔藏书记"、"沅叔藏宋本"、"双鉴楼藏书记"等印，足见其颇受傅增湘重视。

这批藏书，应该是田中最钟爱的部分，有的卷首钤自用名章，曰"子祥"、"庆"；有的函套统一样式，并在函套签条的书名下方钤"子祥"、"庆"印。而这些印鉴暂未见于东京都立中央图书馆的救堂文库藏本，不妨推测，1945 年被政府图书馆征购的书籍，尚属于文求堂的"商品"。而田中直到去世，一直留在身边、珍重宝爱的书籍，已属其个人收藏。贩书而藏书，足见田中对书籍爱之深切，非一般旧书店主人可比。

双鉴楼藏书的珍善本今日多藏于各大图书馆，可以通过各种书目、图录寻得踪迹。此外，应该还有不少未曾发掘的"普通本"，遗漏在检索系统及书目之外，等待我们的查考与邂逅。对书籍流转命运的兴趣，不仅是因为对书籍本身怀有探索的欲望，还出于对书籍所关联的人物、机构、学术风气、历史背景等问题的关心。

2017 年 5 月 4 日

傅增湘旧藏
朝鲜铜活字本《韦苏州集》的旅程

在查考日本所见傅增湘旧藏的过程中，经人文研梶浦晋老师指点，获知东京大学文学部善本室藏有傅增湘一部朝鲜铜活字本《韦苏州集》，未见于《藏园订补郘亭知见传本书目》及《经眼录》。检藤本幸夫著《日本现存朝鲜本研究（集部）》（京都大学学术出版会，2006 年），见编号 0339 条著录此书，信息颇详，列其大要云：

书名：韦苏州集十卷四册

撰者：唐韦应物撰，宋王钦臣校订

装帧：蓝绢表纸，四针眼订法，日本改丝

尺寸：28.1×17.8cm

纸质：楮纸

藏书印：第一、第三册首钤"松汀"（方 5.1cm，阴刻朱印）、"星州人李光老而述印"（方 3.8cm、阴阳交刻朱印）、瓶形印（2.9×1.3，阳刻朱印）。每册首及第四册尾"小汀氏藏书"（小汀利得）。卷一首"双鉴楼藏书印"。第一册原封面外钤"傅印增湘"。第一、二、三印同一印色，同一人印。

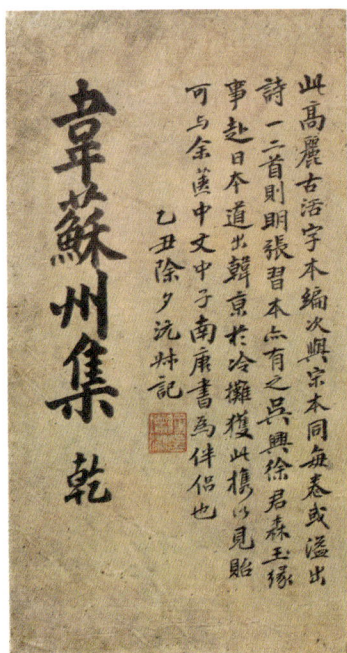

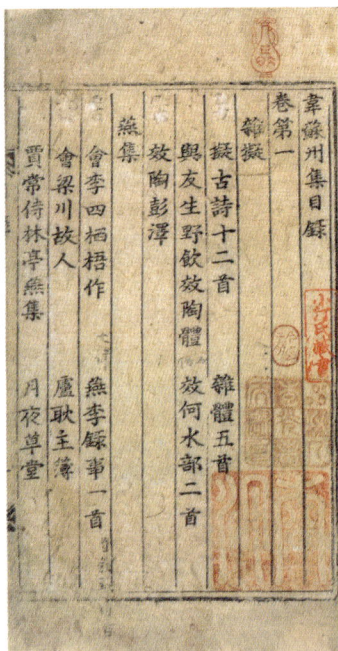

此高麗古活字本編次與宋本同每卷或溢出

詩一二首則明張君本六有之吳興徐君森玉緣

事赴日本道出韓京芸冷攤獲此擕以見貽

可与余燕中文中子南廂書為伴侶也

乙丑除夕沅叔記

韋蘇州集 乾

韋蘇州集目錄

卷第一

雜擬

擬古詩十二首　　雜體五首

與友生野飲效陶體　效何水部二首

效陶彭澤

燕集

　會李四栖梧作　燕李錄事一首

　會梁川故人　　盧耿主簿

賈常侍林亭燕集

月夜草堂

1. 朝鲜本《韦苏州集》封面傅增湘识语　2. 朝鲜本《韦苏州集》卷首钤印 © 东京
大学文学部图书馆

识语：第一册原表纸墨书"此高丽古活字本，编次与宋本同，每卷或溢出诗一二首，则明张习本亦有之。吴兴徐君森玉缘事赴日本，道出韩京，于冷摊获此，携以见贻，可与余箧中《文中子》《南唐书》为伴侣也。乙丑除夕沅叔记"。

注记：原表纸左肩墨书"韦苏州集 乾（坤）"。该书佚王钦臣及杨一清二序。今西龙旧藏。

研核：(前略)原为二册本，疑为傅氏加衬纸，改作四册本，添以蓝绢封面。仅第一册改装封面下保存朝鲜原封面，此原为第二册封面。四册以绢帙贮之，帙上附有墨书签条，云"朝鲜铜活字本 韦苏州集 全四册 昭和二二·一 村口"，第一行下册有ルスカカ四字，或为书价符号。该书应为徐森玉购自汉阳，转赠傅增湘，战前至日本，经古书肆村口而归今西龙所藏，后为小汀利得氏所得，遂归东大插架。

此外尚著录同版者三部，分藏京都大学文学部图书馆（今西龙旧藏）、成篑堂文库、东京都立中央图书馆特别购入文库（小室翠云旧藏）。其后目验东大、京大所藏二部，于藤本氏之记述稍有增补，试探讨如下。

第一、第三册卷首所钤，"松汀"之外，应为"星州人李光未天述印"，瓶形印即"一片冰心在玉壶"（感谢南通赵鹏先生指点），印主难以查考，仅知为星州李氏。从藏印风格来看，很符合朝鲜18世纪文人俞晚柱（1755—1788）在日记《钦英》中对朝鲜流行藏书印的批判：

石记识书之法，东邦与中国公私雅俗绝殊。盖中国人储书本主流通，故其识石记，欲使后之有此书者，知传自谁某而谁某评阅，比如书画之观题，岂不公而雅乎。东人储书，则本主家藏，故必识乡贯姓名字号，四三石记，累累如官簿，惟恐为他人之有，岂非私而俗乎。

傅增湘识语中称，此书为徐森玉缘事赴日本后，归途在韩国京城冷摊购得。徐森玉所缘之事，即 1925 年 10 月下旬至 11 月赴东京参加东亚佛教大会一事（详见徐文堪《记先父徐森玉先生二三事》、道端良秀《中日佛教友好二千年史》等）。傅增湘对朝鲜铜活字本素有关心，作于丙寅腊月（1927 年初）的《朝鲜活字本附释音周礼注疏跋》中有这样一段：

朝鲜活字版创铸于太宗朝癸未，嗣后有庚子字、甲寅字、生生字、整理字，源流详见《国语跋》中。案洪氏跋为嘉靖三十一年赐本，当彼国明宗九年，其印行或在永乐之初。考彼国太宗时，以经筵古注《诗》、《书》、《左传》为本，命判司平府事李稷等铸十万字，是为癸未字。是书字体波折犹有明初遗风，且既印诸经，则《周礼》自在续开之列，其为癸未字所印殆无疑义。至正、嘉以后，则结体渐就整束矣。余所藏朝鲜古活字本，小字者有《南唐书》、《文中子》、《白乐天集》，疑为庚子、甲寅字所印。大字者有《后山诗注》、《山谷诗注》、《韦苏州集》、《海东诸国记》诸书，其体视此书略大，然不及其疏古也。标题为附释音，则亦出于宋世行本，第五、六卷疏中多空白处，或为宋本漫漶处。然宁听其空缺，而不加填补，具见彼邦学者之矜慎，不似明人刻书之卤莽也。礼失求诸野，有以哉。

可以看到这部朝鲜活字本《韦苏州集》在傅氏收藏体系中的定位，与前文识语所云"可与余箧中《文中子》、《南唐书》为伴侣也"亦足互相观照。《文中子》、《南唐书》皆见《经眼录》著录，均为"十二行十九字，黑口，单栏"。

藤本氏认为此本《韦苏州集》先由傅氏收藏，后归今西龙所有。虽无确定依据，但我也倾向这种假设。今西龙是日本朝鲜史学者，要考察此书的收藏经过，应先述其生平：1875 年生于岐阜，1903 年毕业于东京帝国大学文科大学史学科，跟随坪井九马三治朝鲜史。1906 年，首度赴韩旅行，访问新罗古都庆州，再访京城、开城，搜集李朝、高丽史料。当时正值第二次日韩协约缔结之始、日本殖民朝鲜前夕，朝鲜史成为日本前沿的新兴学科。三十二岁的今西龙表现出极大的热心，归后作《入新罗旧都记》一文，饱含深情，连连感叹自己热爱韩人，庆州如十字军士兵眼中的耶路撒冷那般令他迷恋（见《新罗史研究》后记转引）。1909 年，今西龙又赴朝鲜调查乐浪古坟。1913 年，至朝鲜江西、镇南浦地区考察，于龙岗地区发现著名的秥蝉县碑（汉平山君碑），同年任京都帝国大学讲师。1916 年，升任助教授。1919 年，为京大附属图书馆斡旋购入朝鲜史学者河合弘民的七百九十三部藏书，当中多有朝鲜本及朝鲜史料。

1926 年，兼任京城帝国大学教授，往返京都与京城两地。是年 8 月，再访庆州，作《庆州闻见杂记》，详记玉山书院事，并列出书院藏书中与史学有关的书目，以及朝鲜时代学者晦斋李彦迪祠堂书库的珍善本书目。可知他最关心的还是朝鲜史史料，如《三国史记》、《新增东国舆地胜览》、《高丽史》之属。同年 4 月至 8 月，公务之余，校订完《三国史记》。1927 年夏，至扶余地区旅行。1928 年夏，至全罗北道各地寻访百济遗迹，深感兴趣，开始研究百济史。1932 年 5 月，因脑溢血去世。

1956 年 2 月，吉川幸次郎以经费购入今西龙旧藏一百七十二部（凡四千三百三十六册），寄赠京大文学部，即今西文库。今西龙之子今西春秋为满文文献研究者，战时曾留学北京，亦笃好藏书。战后至天理大学任教，将其父所藏朝鲜史相关诸种文献寄赠天理大学，共六百六十七件。由《今西博士搜集朝鲜关系文献目录》及《今西文库目录》不难看出，今西藏书重点在朝鲜史史料，天理大学所藏堪称朝鲜史研究的富矿，很值得关注。而其他各部藏书则没有这般分量。当然这远非今西龙藏书全貌，据说今西家尚有大量未整理的藏书，陆续又有部分经可信赖的老师之手入藏京大文学部图书馆。今西春秋编、今西龙著《高丽及李朝史研究》中有《藏书手记》，多录昭和初年收藏书目，当中不乏朝鲜铜活字本，为我们留下考察今西藏书样貌的重要资料。譬如 1907 年 8 月，今西龙赴开城旅行，自称"当时几乎不知书籍购求之法"。兼任京城帝大教授后，他与当地书商华山书林李圣仪往来极密，并为考察朝鲜古印刊本而购入己酉活字本《楚辞后语》、初刊本《牧隐文稿》等。李圣仪的旧书

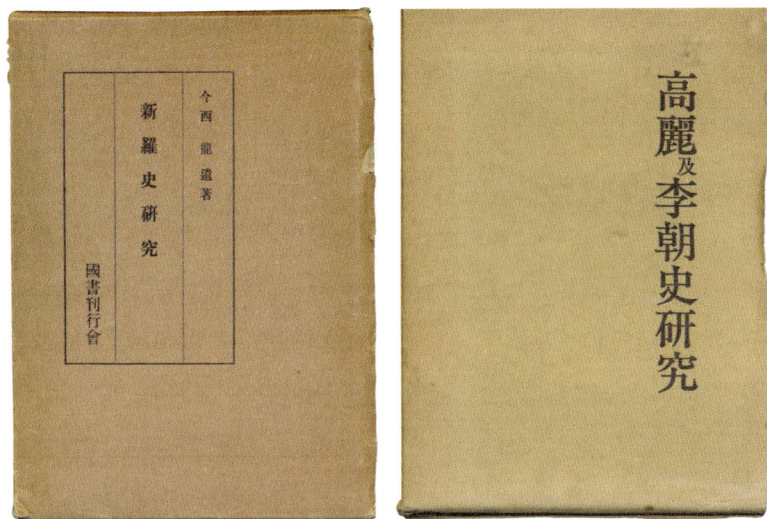

今西龙著《新罗史研究》与《高丽及李朝史研究》

店自1922年起开业，其人笃好藏书，于朝鲜活字本很有心得，编过四册《东洋古活字册标本书目见本帖》。去世后，重要藏书由夫人寄赠高丽大学，即现在的华山文库。

以上三种书目，均未见《韦苏州集》的踪迹。如果此书先由今西龙收藏，后至傅增湘手中，那么今西出手此书，必在1925年末之前，且出手地点多半应在京城，而当时他尚未到京城帝大兼任，主要活动地点仍在日本。另一种可能，便是此书先由徐森玉在京城冷摊购得，转增傅增湘，在1932年今西去世之前，来到他手中。再经村口书店之手，至小汀利得处，最后进入东大文学部。这一假设在书籍流通的路线上较之前者更为顺畅，也不需要前者那么多地点上的巧合。唯一成问题的是，傅增湘为何在1932年之前，就将这部至少1927年初尚在手中的好友馈赠的书出手了呢？傅氏"书去目存"的开明藏书观固为理由之一，他在戊辰三月（1928年）为"双鉴"之一的宋内府写本《洪范政鉴》所撰跋语，也为我们提供了一些参考信息：

> 忆壬子之夏，盛伯羲祭酒遗书散出，余按目而稽，得觏此帙。郁华阁中所庋宋元古椠，名贤钞校，琳琅溢架，无虑万签，然绝世珍奇，断推此为弁冕。嗣诇知为完颜景朴孙所得，欲求录副本而不可得，即请就半亩园中展阅片晷，略纪梗概，亦复各之。虽当日摩挲，仅留一瞥，然古香异彩，梦寐不忘者，垂十余年。前岁景氏云殂，法书名画，散落如烟，独此帙与松雪手书《两汉策要》最为晚出。（中略）今岁初春，

文德韩估忽来商略，悬值绝高，非初意所及料。余乃斥去日
本朝鲜古刻书三箧，得巨金而议竟成，舍鱼而取熊掌，余心
固所甘焉。

是说1912年，盛伯羲藏书散出，此《洪范政鉴》为完颜景朴
孙所得，傅欲求录副本而不可得。景氏殁后，此书迟迟未出。直至
1928年春，文德堂韩逢源忽来商略此事，傅氏遂卖去"日本朝鲜
古刻书三箧"，终于得偿所愿。可惜不知这批"鱼"的书目，只能
为假设提供一条可能的旁证，或许这部《韦苏州集》正在这批为了
熊掌而牺牲的"鱼"之列，之后便也有了来到今西龙身边的可能。

那村口应为村口书店主人村口四郎，也曾是神保町众书肆主人
中有名的一位，函套所标"昭和二二"（1947）之节点，今西龙已
去世，因此藤本氏"经古书肆村口而归今西龙所藏"的推测或许不

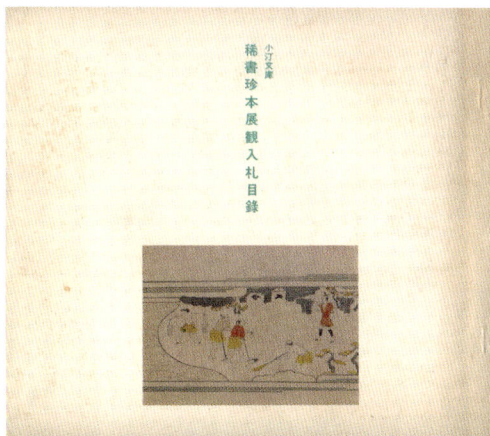

《小汀文库稀书珍本展观入札
目录》

确，更可能是经今西龙之手而至村口书店，且村口与小汀利得交往亦密。小汀是记者、时评家，爱好藏书，尤爱古写本、古活字本，因此这部《韦苏州集》才会进入小汀文库。他去世后当年（1972），东京就举行了盛大的小汀文库稀书珍本展观拍卖会，在拍卖目录里可以见到第 458 条："韦苏州集　朝鲜古活字版　伝（傅之误）增湘旧藏本　四册。"随后为东大文学部所得，因而此书第一册封面内侧还钤有"东京大学图书印"、"中文"二印。

对比东大与京大所藏此二种《韦苏州集》，可知各处细节均相同，譬如目录卷第六"叹白发"的"发"字均一致歪斜,第九卷"马明生遇神女歌"的"女歌"二字亦同样歪斜（感谢艾俊川先生细心指点活字本判断法）。首尔大学亦藏有两部断为肃宗年间的活字本《韦苏州集》，标作"芸阁笔书体字"，书志信息与东大、京大二本相合，应为同版。芸阁笔书体字即所谓校书馆笔书体字者，为肃宗十四年（1688）前后所刻，"其字体为扁平正楷的中小型字"，"字列的横伍整齐，而偶尔有歪斜之字，墨色不均匀。其印本多为诗文集类，共有十五种"（曹炯镇《中韩两国古活字印刷技术之比较研究》，学海出版社 1986 年版）。曹著所整理的十五种印本中，亦见《韦苏州集》在列。

一部文集辗转中日韩三国之间，经多位学者、藏家之手，虽非罕事，但于观察各位学者对朝鲜活字本的态度，也是合适的一例。

2017 年 9 月 30 日

近代中日两国
汉籍复制交流史（1928—1937）

　　自古以来，汉籍流传便是中日文化交流史上的重要问题。光绪六年（1880），杨守敬以公使何如璋随员的身份赴日，访购汉籍，刊刻《古逸丛书》、《留真谱》等，出版《日本访书志》，不仅为中国学者带来震撼，也刺激了日本学界，促使他们有意识地保存本国典籍。明治开国以后，大量日本学者赴华旅行，当中重要目的便是搜求文献、访问典籍。辛亥以还，罗振玉、王国维等学者避居京都，与狩野直喜、内藤湖南等学者交流学问，影印珍籍，是学术史上一段佳话。随着近代图书馆学的成熟，及两国公私图书馆的建构完善，学者访书、印书事业更有新的高潮。

　　试将近代中日两国典籍影印划分时期：第一期为杨守敬、黎庶昌印行《古逸丛书》之时。第二期为辛亥以降罗振玉、王国维赴日之时，此时恰值敦煌学大为勃兴之际，中日学者互相交流敦煌卷子本影印材料，并影印日藏唐钞本。罗振玉尝云："平昔尝叹敝国黎莼斋先生在贵国刻《古逸丛书》，但收宋元椠而不及唐钞，至为可憾。"1919 年，罗振玉将返国，委托狩野、内藤售卖其在京都的居所永慕园，以此作为《京都帝国大学文学部景印旧钞本》所需资费。

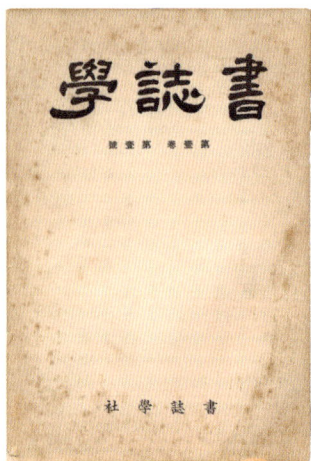

《书志学》第一卷第一号

此书共十集,全三十六册,狩野在《京都帝国大学文学部景印旧钞本》第一集序中评价云"借得古刹世家之藏,景印《尚书》、《史记》、《文选》数种,其嘉惠学者,功不在茹斋下也"。第三期不妨从 1928 年起至 1937 年为止。该时期的重要事件有:张元济《四部丛刊》续编、三编及《续古逸丛书》的出版。1928 年起北平图书馆发行的馆刊、1933 年 1 月创刊的《书志学》,均为现代图书馆学成立的重要标志,翻检此两种杂志,不难发现两国学者交流之密切,围绕双方最新影印的典籍,亦多有介绍、探讨。此外,古书复制也是东方文化事业中的一项。围绕典籍影印事业,中日两国学者之间有合作、互动,亦有竞争甚或龃龉。本文重点关注第三时期,梳理这段时期两国典籍影印的大致脉络,探讨其间的互动、交涉、竞争与合作,以期为理解近代中日两国文化交流史、学术史提供一种角度。

一、中日两国汉籍复制事业的近代化

1. 新技术对汉籍复制事业的影响

19 世纪中期以来，石印技术传入上海，并在 19 世纪末 20 世纪初繁盛一时，影印出版了大量典籍。商务印书馆影印的《涵芬楼秘笈》、《四部丛刊》初编至三编、《续古逸丛书》、百衲本"二十四史"等，采用的都是照相石印技术。价廉的中国石印本大量输入日本，旧书店也会在报刊杂志打出商务印书馆丛书的广告。早期流行的石印本典籍因考虑成本及销路，多为缩印、拼页，自然难以满足版本鉴赏等方面的更高要求。而珂罗版技术在汉籍尤其是善本珍籍复制方面的运用，堪称革命性进步。随着公私图书馆的建立，文化财产保护意识的形成，再难回到如杨守敬大批从日本买回善本的时代，珂罗版技术无疑满足了研究者对版本的需求。而以珂罗版复制汉籍，最早应是从日本开始。

1854 年，珂罗版印刷滥觞于法国，明治年间传入日本。这是一种平板印刷技术，将具有感光性的明胶溶液均匀涂抹在厚玻璃片上，令其感光。经热处理后，明胶可以精准反映出图片极为细致的细节。在其上刷涂油墨，覆以纸张，再以类似制作版画的原理进行撰写印刷，即可呈现出原图极细微的明暗色差。且无论在多大倍率的放大镜下观看，都不会出现如数码相片放大后所见的网点，因此很适合用于保存资料。

明治十六年（1883），内阁印刷局已开始运用珂罗版技术，当时主要用于印刷照片。因采用玻璃制版，故又有"玻璃版"之称。

由于珂罗版可以纤毫毕现地保留原物细节，因此很快被用于复制美术品。明治二十一年（1888）九月，宫内省"临时全国宝物调查局"开始调查日本寺庙神社的文物，并于次年开始出版《国华》，所用图版皆为珂罗版精印。几十年后的1929年，北平北海图书馆购入全部《国华》杂志，尚有"不愧为最著名之东方美术杂志"、"插图精绝"之评。虽不明珂罗版何时始用于典籍复制，但在1913年、1914年之间，日本已有珂罗版精印的平安时代歌集《类聚古集》。1912年，董康在日本见到崇兰馆藏全帙南宋刻本《刘梦得文集》，十分倾倒，托内藤湖南借回，请小林忠治郎用珂罗版精印百部，并撰有跋语，云"适小林忠治业珂罗制版，艺精为全国冠，曩为罗君叔言影印宋拓碑志，浓澹丰纤，犹形鉴影。乃介内藤炳卿博士假归，属小林氏用佳纸精致百部"。黄永年先生称中国珂罗版影印善本汉籍发轫于董康，当为的评。

需要指出的是，在1960年代彩色珂罗版技术发明之前，珂罗版只有黑白两色印刷。一些古籍上的印鉴，是通过套色刷印或摹刻印章的方式实现复制的。在对比原书和珂罗版时会很容易发现这个问题。且珂罗版底片都会经过修版，使其更接近原书面貌。有些彩色绘画还会用珂罗版印刷加上手工彩绘的方式实现复制。2017年秋，曾参加便利堂为期两日的珂罗版印刷实践课，常年从事国宝复制工作的讲师山本修告诉我们，没有哪位珂罗版师傅不修版。和版画印刷一样，虽是同一张底板，不同技术的师傅印刷出来的效果可能完全不同，复制品是否忠实反映原貌，完全取决于师傅的工艺。

有关小林忠治郎（1869—1951）与董康的交游，佐藤进已有

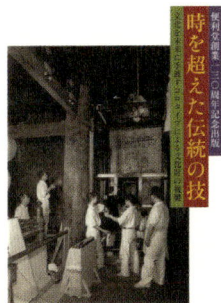

便利堂创业一百三十周年纪念出版物《超越时间的
传统技艺:将文化传递给未来,珂罗版复制物》(便
利堂发行,2016 年),其中对珂罗版技术、便利堂
的历史均有介绍

考察。小林是近代中日两国汉籍复制交流史上重要的技术者,从事
过相当多的汉籍复制工作。佐藤进曾采访小林家后人,详考其生平。
明治二年(1869),小林忠治郎出生于武藏国忍藩,旧姓原田,名
德三郎。长兄清太郎(1855—1938)后继承原田庄左卫门之名,并
创办博文堂,与内藤湖南终身为至交。次兄朝之助(1860—1929)
过继小川家,更名一真,曾赴美学习摄影与珂罗版技术。一真回国
后成为著名摄影师,曾参与日本全国古寺社的文物摄影等工作,还
是天皇的御用摄影师。德三郎受到次兄影响,曾在一真的照相馆工
作。明治三十三年(1900)亦赴美学习摄影与珂罗版技术。三年后
返日,成为京都洋货商小林家的婿养子(日本家族收养制度,兼具
养子及女婿的身份,常作为继承家业的人才),更名小林忠治郎(亦
写作忠次郎,因"治"与"次"日文同音),在京都七条油小路开
创小林写真制版所,开始了珂罗版印刷出版的事业。

　　而当日这种成本高、操作难、印量少的技术,在中国只限于

小范围爱好，并不曾广泛流行。且比起复制图书，更多用于复制书画、碑帖。徐兆玮曾在日记里评价珂罗版复制技术对鉴别书画真伪的意义："晚近珂罗版术发明，公私收藏相率影行流传，其制版精者，仅下真迹一等……近日收藏家一变往昔秘玩陋习，纷纷出展所藏，以供同好评定。好古敏求之士既有真迹比较，复得印本参考，则凡缣素墨彩与夫古人之笔性笔趣皆有线索可寻，心领神会，真赝不难立辨矣。"（1939 年 4 月 12 日）

珂罗版爱好者董康曾得到如隐堂本《洛阳伽蓝记》，送到日本珂罗版影印，他的朋友吴昌绶则在给缪荃孙信中批评说："珂罗版徒费钱，无谓之至。"不过，当时的人们大多还是认可珂罗版在复制方面的长处。1913 年，傅增湘得到意园流出的宋刊本《方言》，杨守敬、缪荃孙、邓邦述等人均力劝其刊板以传。傅担心影写失真，乃托董康前往日本，请小林忠治郎用珂罗版精印百部，傅后来在《双鉴楼藏书杂咏》中记录此事云："为觅良工涉蓬岛，珂罗百本逐时新。"同时请人在天津官报局石印数十部，又请湖北陶子麟影宋刊板，收入《蜀贤遗书》。随后商务印书馆又取宋本缩印，收入《四部丛刊初编》。可知民国时期，复制珍贵宋刊本之际，珂罗版影印的同时，依然需要石印、木板覆刻等重要的复制方法。

以上可知，石印本因价格低廉、制作效率甚高，使出版物的流通更为广泛。而珂罗版因其高度存真的优点，使无法得到原书的人们可以一览原书的样貌、细节，也可以通过翻印珂罗版，完成数量大且成本低的复制。其效率较之前代的版刻技术，已不可同日而语。这两种技术互为补充，极大地促进了近代日中两国汉籍的交流及学术的发展，是印刷技术的变革影响汉籍复制、学术发展的一则佳例。

2. 近代中日两国公私图书馆的发展与汉籍复制

近代各国公私图书馆的建立，使公众有机会接触到过去藏诸秘阁的图书，对学术、收藏风气产生了很大影响。另一方面，由于公私图书馆机构购买能力很强，不论中国还是日本，近代以来，普通人在市面轻松购买善本珍籍的机会越来越少。因此，世人对图书复制的需求也越来越大。典籍复制由小规模的个人兴趣式收藏，过渡为国家大规模的文化保存事业，是 1920 年代中日两国的共同特征。当然，学者的个人取向亦对国家的典籍复制有重要影响，或者说，公立机构在制定古籍复制计划时，也离不开学者意见。

日本公私图书馆机构大规模选择珂罗版复制典籍的契机，是1923 年的关东大地震。大量图书毁于地震及由此引发的火灾，如东京帝国大学附属图书馆就损失惨重。这令人们意识到复制典籍的必要性。1926 年开始，前田家的尊经阁文库有感于典籍之脆弱，“颇出所藏善本，精影以惠学子”，即《尊经阁丛刊》。《尊经阁丛刊》形态也严格依照原本，内页用纸、书衣色泽、装帧形态，无不力求保存原貌。《丛刊》以日本文史类典籍为主，也有汉籍珍本。其中，1927 年复制的宋刊孤本《重广会史》，在当时的中国就有相当高评价。

中国公私图书馆机构复制典籍的情况又是如何？ 1929 年，北平图书馆曾发起“国立北平图书馆刊行珍本经籍招股章程”，“同人等因鉴于学术界之需求，拟请国立北平图书馆印行珍本经籍，仿《知不足斋丛书》例，以若干种为一集，并得刊行至数十集”，所选书目"以罕见及有价值者为标准"。发起人虽有学界、政界等各路人士，但只是呼吁而已，实际操作并无下文（《国立北平图书馆月刊》第三卷第五号，1929 年 11 月）。

伴随公私图书馆的发展，调查藏书版本、编纂图书目录，成为图书馆的急务，也促进了图书馆学的近代化。学者可以通过查阅图书目录，掌握该馆藏书情况，制定图书复制计划。1920 年代后期至 1930 年代，中日两国图书馆都相继出版了诸种善本书目。其中，1930 年宫内省图书寮出版《图书寮汉籍善本书目》（1931 年又由文求堂书店、松云堂书店复制发行），受到学界很高评价。此书目全用汉文解题，亦便于中国学者使用。有关这一点，北平图书馆馆刊也很快作出"新书介绍"，认为"吾国书籍，自经清代乾隆禁毁，可谓遭一大厄。而东邻日本公私收藏，为吾国所不经见之秘籍，尚复不少，如宫内省图书寮所有，即其著例也。此次图书寮将其秘藏之汉籍善本书目解题公开，实为学术界近来一大快事，其裨益于中日两国学者当不在少"（《国立北平图书馆馆刊》第五卷第二号，1931 年 3、4 月）。此种认识，很可说明清末以来中国知识界对日藏汉籍的一贯态度，即对中国已经亡佚的日藏汉籍最为关心。既然已不能如杨守敬时代那样可以大量买回，便更依赖图书馆目录公开的信息，以及相应的书影、复制书籍等。

1930 年，由日本外务省文化事业部补助，服部宇之吉曾委托神田喜一郎、长泽规矩也编纂《佚存书目》，历时三年，1933 年出版。此书目选定标准即在于中国人编著、中国已佚而现存日本的图书，包括中国已佚、但近代以来由中国覆刻、影印、翻刻、翻印等再传中国者，不包括原本被带回中国者。书目藏家涵盖帝室博物馆、图书寮、内阁文库、神宫文库、帝国图书馆、金泽文库、足利学校遗迹图书馆、静嘉堂、尊经阁、蓬左文库、佐伯文库等二十九家公私图书馆机构，以及内藤湖南、神田喜一郎、长泽规矩也等十六位藏书家。次年此书即翻译介绍至中国。有别于以往中国学者的赴日访书记，《佚存书目》是日本学界在充分掌握两国汉籍收藏的前提下，作出的系统性全面整理。之后长泽规矩也所撰《关东现存宋元版书目初稿》等，也在此类工作的延长线上。

中国方面，1933 年的《北平图书馆善本书目》，当日也是中日两国学者冀望之作，今日仍被认为是"版本研究告别主观性版本鉴定，迈向客观性版本研究的金字塔式的里程碑"（《旧京书影》之"出版说明"），于图书馆学发展史上之地位自不待言。

要言之，近代中日两国公私图书馆的发展中，对汉籍善本的调查、整理与复制都非常重视，这也是传统私人藏书向近代化图书管理方式的转变。出于两国学者对学术的共同关心与需要，双方在汉籍整理、复制方面的合作、互动、参考也很多。最新出版的相关书籍、发表的论文都会迅速介绍给彼此，除了公私机构、学者之间互赠出版物外，两国新旧书店也起到了重要的交流作用。如《北平图书馆馆刊》的代售处中，就有两家日本书店：东京文求堂、京都汇文堂，这也是仅有的两个海外代售处，也都是日本著名的中国学书店。

近代图书馆的发展，同样促成了各种古籍保存、研究协会的建立。如 1931 年，东京各图书馆馆员结成日本书志学会，会员二十名，包括宫内省图书寮、内阁文库、帝国图书馆、京大图书馆、大阪府立图书馆、早稻田大学图书馆、尊经阁文库、岩崎文库、静嘉堂文库各馆负责人，并德富苏峰等藏书家。1932年11月19日，举行第一回旧刊稀觏本展览会。同时，编纂珂罗版《善本影谱》。第一期共十辑，"为方便海外研究者，汉籍根本性事项由汉文写成，次者事项以和文略记"（《书志学》第一卷第一号，1933年1月）。可知他们在编纂时，有意识地考虑到海外特别是中国学者的需求。在1933年度计划中，除每月例会之外，其他三项分别是刊行善本影谱、出版孤本、召开展览会。长泽通过书志学会进行了一系列汉籍研究的工作，编纂各藏书机构目录，积极与北平图书馆、浙江省立图书馆等中国图书馆机构、张元济等中国学者进行沟通与交流，在《书志学》推出版本学专用术语提案，评议、探索图书复制的方法。他的工作与学术地位，可以与比他小三岁的赵万里互为参照。

二、关东大地震以来日本的汉籍复制

1. 大阪每日新闻社与内藤湖南

前文已论及，近代日本大规模复制古籍的契机，是1923年的关东大地震。而率先着手从事此项事业的，是包括前文所云尊经阁等财团机构在内的民间机构。当中，大阪每日新闻社为纪念创刊15000号而推出的"秘籍珍书大观"尤可注意。其印行趣旨云：

　　大凡典籍散亡，向不为人注意。如拥有古老文字之国度支那，而今典籍佚亡亦不可胜数。在我邦明治初年印量极大、

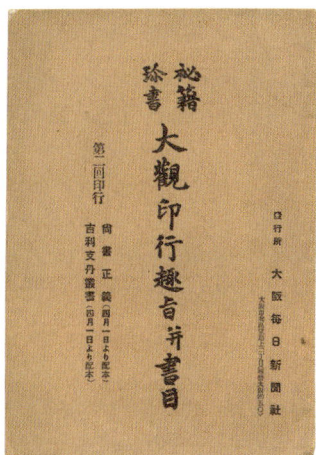

《秘籍珍书大观印行
趣旨并书目》书影

极寻常之书，仅五十年后之今日，已成珍书，坊间洵不易得。所幸吾国名门旧家珍藏千年之典籍，传至今日者尚不在少数，当中亦有支那本土已散佚之珍籍，吾辈足可为傲……大正十二年九月一日，关东大震灾、火灾突如其来，乃有史以来未曾有之惨事，遭厄诸事物中，亦有我国三千年之文化产物——希觏典籍。以东京帝国大学图书馆为首，故黑川真道翁、安田善之助氏等多位藏书家之珍秘俱已亡失，再无重见之可能，人皆因此受到非常之冲击。归于灰烬之秘籍珍书，当中不乏因从前留有复制本而幸得保存原貌者，惜仅极小一部分。倘将来再有不测天灾，典籍恐难逃厄运。念及此，愈痛感复制典籍乃为急务。本社有关复制印行秘籍珍书之计划，实始于大震灾后不久。

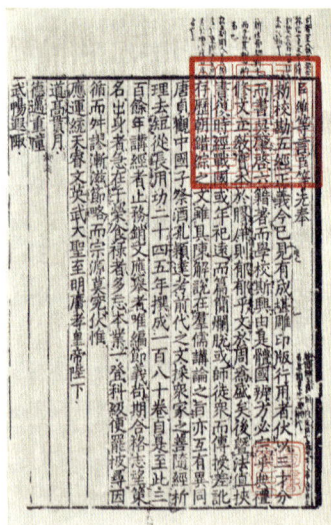

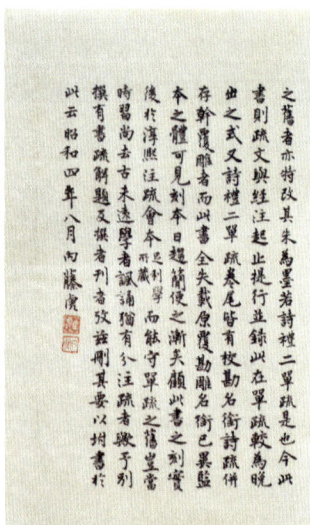

1. 宫内省图书寮藏宋本《尚书正义》影印本，大阪每日新闻社　2.《尚书正义》影印本卷首，钤印部位与原书略有不同，或为套印　3.《尚书正义》影印本卷末内藤湖南跋文

"秘籍珍书大观"分为"秘籍大观"与"珍书大观"两类，前者主要是日本古钞本、古版本、中国已亡佚的汉籍，后者主要是日本文学相关的写本及刻本、浮世绘等。制定计划者都是相关领域的专门学者：狩野亨吉、吉泽义则、内藤湖南、黑板胜美、藤井乙男、新村出。一见可知，选定汉籍书目的是内藤湖南。而在1925年9月，内藤湖南的确与神田喜一郎、小岛祐马同往图书寮调查善本，正是为影印稀见汉籍作准备。同年10月4日，湖南致武内义雄信中称：此次大阪每日新闻社计划大量出版秘籍珍书，图书寮藏"尚书单疏"已获许可，欲复制贵大学所藏旧狩野博士书中优秀之本。大阪每日新闻社社员此后会专门为此事拜访，希望可提供方便。1928年7月，作为大阪每日新闻社"秘籍大观"第二集，图书寮藏宋刊《尚书正义》精印珂罗版面世，即1925年致武内书信中云"尚书单疏"者，内藤为之写下极为精详的解题。此番制作者是小林忠治郎。成书后，很快寄赠北平国立图书馆（当时称北平北海图书馆），由钱稻孙翻译解题，载于民国十九年（1930）第四卷第四号《国立北平图书馆馆刊》。至于此书收入《四部丛刊三编》之细节，留至后文再论。

　　在1928年，内藤湖南还与高木利太、黑板胜美等人发起组织"贵重图书影本刊行会"，发行所设在中村便利堂内。中村便利堂是做租书店起家的印刷出版公司，1887年创业，1905年设置珂罗版印刷工厂，初期主要制作珂罗版风景明信片。"秘籍大观"第一期中图书寮藏古写本《日本书纪》，就由便利堂承担复制工作。便利堂几经风雨，如今依然健在，拥有成熟的彩色珂罗版印刷技术，是日本首屈一指的珂罗版印刷商。

2. 图书寮的汉籍复制计划

宫内省图书寮在关东大地震中虽然很幸运地逃过了劫难，损失不多，但地震带来了强烈的危机意识。1930 年，图书寮也开始了典籍复制事业。第一种复制的是日本史料《看闻御记》，在颁布的刊行计划里，言明复制事业之大要：

因大震火灾，无比贵重之典籍惨遭亡佚，作为现代文化事业的古典珍籍之复制刊行，或因近时学问及思想取向，或以名门富豪之笃志，或以学术协会之推广，乃得广泛进行，颇值学界乃至思想界祝福。当是时，于和汉古文献袭藏无比丰富之图书寮，亦开始复制刊行之事业，相信是极有意义且势在必行之举。其制作副本者，首从贵重图书御物中挑选善本五十余种。所适宜者，譬如世间所望刊行且应刊行之物，但因体量过大而导致经费过昂、最终难以期望之书。当由本寮复制与原版相同之副本，原本用于保存，副本便于一般使用。于是，原本得以永永保存，且得长存于世，裨益学界亦不在鲜少。有关复制影本书目，本寮计划定为每种百部，经费自负，余者颁诸有志同道……

可知图书寮的复制事业不仅是因大地震的刺激，还受到民间机构的启发，且特意挑选一般财力很难应付的大部头典籍。第一批计划复制的书单里，汉籍约占六成，其中仅宋版书就有二十六种，超过半数，包含《通典》、《太平御览》、《太平寰宇记》等大部头典籍，足见图书寮所藏汉籍之丰，也可见选定书单时对汉籍的重视。毕竟在当时的日本，本国文学及本国史的经典更多地受到人们的重视。只是到战前为止，图书寮主持的复制事业仅完成《看闻御记》一种，并《群书治要》的一部分。不过图书寮首批计划复制的汉籍里，战前也有几种由中日两国其他机构、个人复制刊行，如前文论及的大阪每日新闻社刊行、内藤湖南选定的宋版《尚书正义》（后此书亦收入《四部丛刊三编》），如收入张元济百衲本"二十四史"的宋刊《三国志》，收入《四部丛刊三编》的《太平御览》，收入《中华学艺社辑印古书》的宋版《论语义疏》等等。

　　要之，日本公私图书馆机构大规模开始汉籍复制事业，是因关东大地震带来的强烈危机感。此前已运用在复制美术品、文物事业中的珂罗版技术，因其图像精美逼真、可以极高程度保留原本信息、保存耐久等优点，而成为保存善本的不二之选。关心此项事业的学者，如内藤湖南，与小林忠治郎、便利堂等珂罗版技术者早有合作，已有相当成熟的复制经验。因此，图书寮制定的典籍复制计划，也受到他们的直接影响，并很自然地选择了有此经验的技术者。学者选定善本书目，自己最感兴趣、学术价值很高、又方便操作的小型书籍，可以私家刊行。官方更侧重复制大型图书，与民间、私人工作互补。而因战争之故，不论官方还是民间，典籍复制都无奈终止。

三、东方文化事业中的古书复制事业

1. 东方文化事业在中国的衰退

图书寮汉籍复制事业虽然有日本政界、商界、学界及中国学术界的共同参与，但主导还是日本方面，张元济复制的汉籍，也只是由个人或小团体出面申请方得完成。那么，1920年代以来起步的东方文化事业，其出发点倒是中日合作。然而由于局势变动等种种缘故，结果与构想相距甚远。

首先，宜梳理东方文化事业的发展过程。在1915年日本提出对华《二十一条》、1918年确立《日华共同防敌军事协定》、1919年五四运动之后，中国反日情绪持续高涨。1923年3月，日本制定、公布了《对支文化事业特别法》，拟仿美国，用义和团赔款发展中国文化事业，也有意借此缓和中日关系。1924年初，驻日公使汪荣宝与对支文化事务局长出渊胜次达成协议，即所谓的"汪·出渊协定"，规定了日本对华文化事业的具体内容。对此，中方强烈要求去除"对支"二字。1924年末，日本外务省官制改革之际，对支文化事务局更名"文化事业部"，于北京设立东方文化事业总委员会。1925年5月，北洋政府外交总长沈瑞麟与日本驻华公使芳泽谦吉订立"沈·芳泽交换公文"，确定成立该委员会。同年7月，日本方面任命服部宇之吉、狩野直喜等七位委员。中国方面任命陶萃英、王树枏、柯劭忞、江庸、郑贞文等十一位委员。分设北京人文科学研究所与上海自然科学研究所，开设东方文化图书馆筹备处。

不过，东方文化事业的名称虽尊重了中国方面的要求，但发

《东方文化事业总委员会并北平人文科学研究
所概况》，北平人文科学研究所编，1935 年

起者始终没有改变"对支"的立场。这在日方后来相关档案内也可以看到：比起"中华民国"，更常用"支那"，"对支文化"一词也时常取代"东方文化"。因此，事业甫推行之初，就引起中国教育界等团体的激烈反对，中国舆论界要求日本政府全部无条件退还庚款，由中国自办文化事业。1926 年东方文化事业制定的次年计划中，北京人文科学研究所有编纂《四库全书》补遗及续编、调查新字典编纂法、编纂《十三经注疏》索引三项。1928 年 5 月，为抗议日本出兵山东，北京人文科学研究所总委员会委员长柯劭忞辞职，中国一方的委员也全部辞职。1929 年 12 月 16 日，南京国民政府教育部停止东方文化事业总委员会及上海委员会内全部中国委员的职务。之后，北平人文科学研究所只能将续修四库全书选目工作等委托给在京学者，其中超过半数为二三十岁的青年研究者。他们撰写

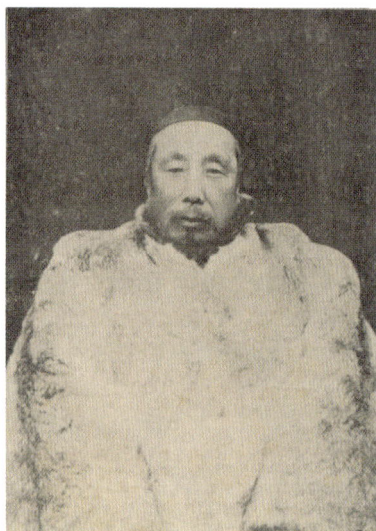

1.3. 东方文化事业总委员会正门及书库　2. 东方文化事业总委员会成立纪念照　4. 柯劭忞遗照

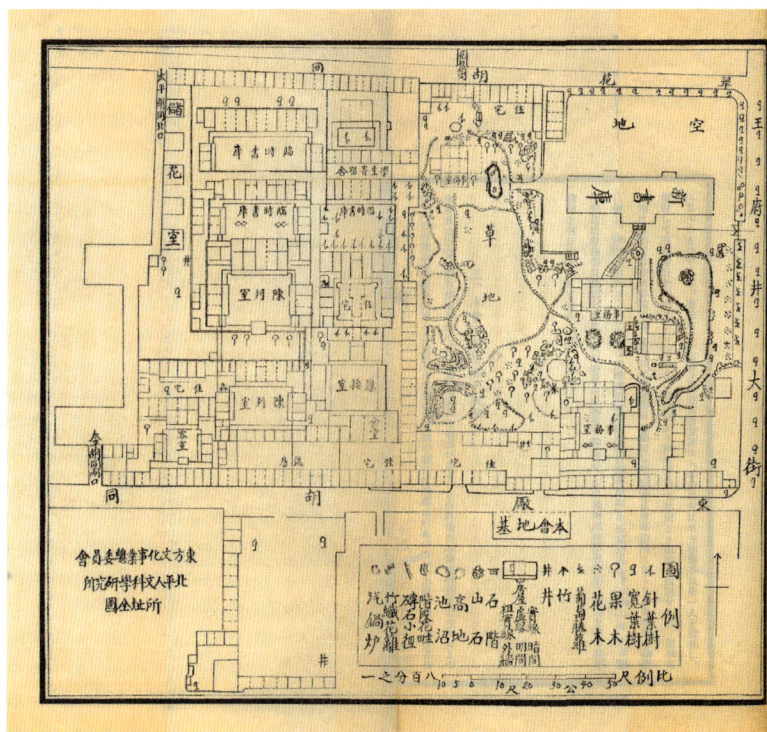

北平人文科学研究所所址全图

每篇提要所得稿费，平均在十五日元五十钱左右。北平人文科学研究所设在东厂胡同黎元洪故居内，研究所的日常事务就是接待学者与日本留学生、购买图书。20 年代至 30 年代，日本持续派出各种性质的赴华旅行、考察团，中国文史专业出身的学生，本科时必然会到中国见学。而来北平，则多半要到北平人文科学研究所报道，或小住于此。不过，在侨居北平的普通日本人看来，这里仅仅是"搜集古书的地方"。

2. 古书复制事业的特点

东方文化事业既然在中国受挫，日本方面遂将重心转移至日本国内。1928 年 10 月，于东京、京都分设东方文化学院，目的在于"研究及普及支那文化"，事业有经营研究所、发表研究及研究资料、复制有益之古书等。东方文化学院下设理事会，管理东京、京都两研究所及古书复制委员会，不难看出古书复制是为东方文化学院的重要事业。其中东京研究所主任为服部宇之吉，京都研究所主任为狩野直喜，古书复制委员会主任为国宝保存会委员荻野仲三郎，委员有宫内省图书头杉荣三郎、服部宇之吉、安井小太郎、狩野直喜、新村出、内藤虎次郎。1929 年 1 月 11 日，外务省部长冈部长景与古书复制委员会众人于外务省第二会议室召开协议会。决议事项如下：

（一）有关事务

一、古书复制事业从昭和四年（1929）四月开始

一、古书复制事业主任推为荻野仲三郎

一、该事业事务员由支那文化研究所事务员兼任，或由主任出于便宜推选他人

一、事务所置于支那文化研究所内

（二）有关古书复制的方法

一、印刷概为写真版，依种类亦可为活字版。但活字版校正特需严格

一、复制以依据原型为原则。但污损之处是否亦照原型，据情况而定

一、刊行书总附解说，委任相关专门人士执笔

一、出版分在东京、京都，视具体情况而定

一、印刷部数在三百至五百部

（三）有关复制书的处理

一、寄赠在一百五十部以内，其他委托书店贩卖

（四）决定复制书名

一、第一回复制宫内省图书寮藏本《文镜秘府论》（六册二百四十二枚）

一、第二回复制高山寺本《庄子》（七卷）及中村不折氏所藏敦煌本

一、与前二者并行附上活字版宫内省图书寮所藏近藤守重写本《春秋正义》（十二册八十八枚）

一、复制前计书目所需经费，由事业主任做成预算，于次番会议提出。

此外，安井小太郎氏提议下次有机会搜集、复制各处所

藏原本顾野王《玉篇》，希望保留

（五）有关复制书名称

一、本刊行物名为"支那文化研究所丛书"，依顺序称作第几辑

（下略）

不久，丛书名称改为《东方文化丛书》，1930 年出版了前三种：《文镜秘府论》、身延山久远寺藏宋刊本《礼记正义》、高山寺藏《庄子残卷》。其中，身延山本《礼记正义》是 1928 年 6 月德富苏峰在身延山文库中偶然发现，他将此书借出，与安井小太郎、内藤湖南同观，三人均认为此书价值极高，且中国久佚，应当复制，裨益东洋经学研究。而此书因埋没甚久，蠹蚀满纸，保存状况很糟。德富苏峰遂请东京的制本师池上梅吉修复此书。安井小太郎同年 10 月

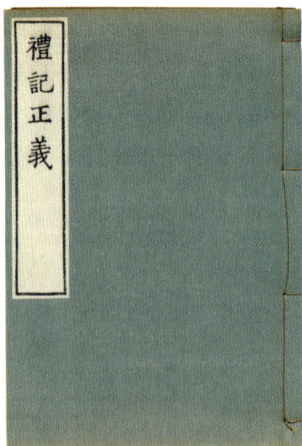

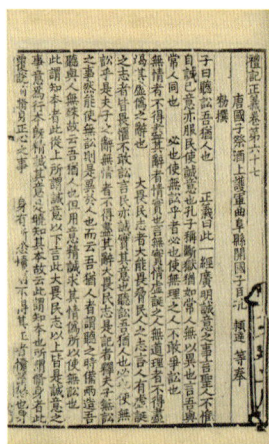

身延山久远寺藏宋椠本《礼记正义》之影印本，《东方文化丛书》第二种

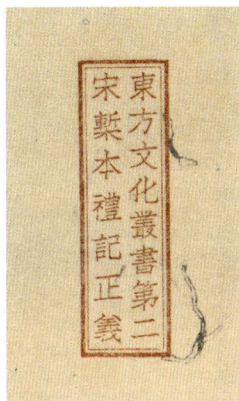

宋椠本《礼记正义》
上的朱文长印

记录此事："主者不知爱惜，四周为蠹鱼所祸，幸文字完好。虽残卷也可贵重矣。"其时，东方文化事业的古籍复制部门刚刚成立，德富苏峰并不在古籍复制委员会内，《礼记正义》并未出现在最早一批公开的复制计划内，但实际出版时，却是《东方文化丛书》的第二种。

外务省所藏文书里，有一份文件可以帮助了解此书刊行之经纬，以及为何会被早早列入《丛书》第二种。1930年1月，服部宇之吉向外务省提交为复制《礼记正义》而增加预算的申请书，称此书"北宋淳化五年刊行，系德富猪一郎氏发现之稀有典籍""我国现存《礼记正义》古刊本别有野州足利学校遗迹图书馆藏南宋绍熙三年刊本三十五册，其中四册由僧一华复写，此外，绍熙刊本正义七十卷已有支那复影本。而此身延本《正义》虽不过二卷，却较绍熙本先一百七十七年刊行，乃不见他传之珍籍""但古书复制事业本年度经费已全无余地，该《礼记正义》二卷系德富猪一郎氏向久远寺一时借用，亟待摄影完毕、归还原寺。故恳请作为本年度事业，立刻实行"。并附有本年度原支出计划书及《礼记正义》的复制计划书。可知此年古书复制事业经费为一万元，原定此年刊行的《文镜秘府论》预算为七千三百八十五元二十钱，《春秋正义》为九百七十四元九十六钱，加上各种杂费，的确所剩无几。而《礼记正义》的预算需三千七百六十四元四十钱。同年2月5日外务省就此提出议案，2月7日决议通过，批准支出补助金。2月10日，外务省文化事业部向服部宇之吉发出机密184号文书，传达"追加助成金命令书"。2月12日，服部复向外务省递交收到命令的承诺书。同年4月，此书复制三百部刊行面世。透过服部宇之吉与外务省的交流，不论是批准额外经费，还是办事效率，应不难看出外务省对东方文化事业的重视。

1931年东方文化事业的古书复制计划，是复制图书寮藏正宗寺本《春秋正义》。是年完成。1932年的计划，是复制《玉篇》、宋椠本《毛诗正义》、古钞本《五行大义》、古钞本《古文尚书》、古钞本《左传》、古钞本《白氏文集》。不过，是年计划只实现了《玉篇》一部分。1933年的计划，与1932年同。但是年仍只完成《玉篇》的一部分。1934年没有制定计划，1935年的计划是宋椠本《毛诗正义》及古钞本《古文尚书》等。1936年的计划是继续完成《毛诗正义》。最终1932年制定的古钞本的复制计划没有实现。另外在1935年印出计划外的一轴《唐过所》，应与内藤湖南的研究兴趣相关，他在1930年11月京都研究所的开所纪念演讲会上，就曾做了一个名为《有关支那古文书，特别是过所》的报告。以上梳理可知，古书复制计划每年都会根据进度及最新发现作出相应调整。

对于《东方文化丛书》，当时的中国学界又有怎样的评价？在《北平图书馆馆刊》介绍新刊《日本宫内省图书寮新刊汉籍善本书目》时，杨维新（1888—1968，广东新会人，早稻田大学高等师范部经济科毕业。任北洋政府教育部专门教育司主事等。1928 年入北平图书馆担任日文书籍采访）曾云："忆清末黎纯斋公使刻《古逸丛书》，将日本所存之吾国珍贵善本，覆刻行世，嘉惠士林，诚非浅鲜。最近日本外务省利用庚款，开办对支文化事业局，已有刊行《东方文化丛书》之举，其既刊行者四种；一宫内省藏弘法大师遗著《文镜秘府论》六册；二山梨县身延山久远寺藏宋椠《礼记正义》二册；三高山寺本《庄子杂篇》七卷；四宫内省藏《春秋正义》十二册。将来或能广为覆刻，以公同好，亦意中事。吾国此际内乱正酣，困穷弥甚，追慕先贤，徒增仰止，抑犹有黎纯斋第二其人乎？企予望之矣。"

从表一来看，1929 年至 1937 年完成的九种图书中，经部四种，子部两种，集部两种，史料一种。东方文化学院对中国的研究覆盖了经学、史学、思想、文学、法制史、天文学等相当广泛的领域。古书复制事业经部虽占近一半，与其说东方文化事业特重经学研究，不如说考虑到中国已佚而日本犹存、兼顾版本学价值及学术意义等条件，才作此选择。而传统学者特别是藏书家确实首重经籍。当然，这四种经籍也受到中国学界的关注，当中的两种不久即收入《四部丛刊》续编、三编，足见古书复制委员会于书目选择具有相当的学术眼光。

3．古书复制事业的终结

"九一八"事变之后，中国危机感日益强烈，民族情绪高涨，与日本的关系也益发紧张，时局同样严重影响到东方文化学院的运营及古书复制事业。东方文化事业的原则在于从事中国文化历史性研究。但政治对文化的影响从来无法避免，日本政府开始认为两处研究所的事业太偏于古代历史文化，既然归外务省管辖，就应该多从事有关现代中国的研究。文化事业部遂提出讨论：两处研究所是否应该持续从前的方针；是否要增加有关现代中国的研究；两处研究所将来所属为何。结果，京都方面表示持续从前方针，愿移交京都帝国大学管理；而东京方面表示愿意增加现代中国研究，且仍由外务省管辖。于是，东西两处研究所就此分裂，东方文化学院东京研究所改称东方文化学院，京都研究所改为东方文化研究所。而一直以来双方合作的古书复制事业也因而终止。最后清点库存复制图书及相关杂物，分交两所保管。无论从事实还是形式而言，都是彻底的分裂。

在1938年3月古书复制事业清点库存的记录中，可知除第二种《礼记正义》外（剩余五十四种），其余各种库存量都很大。前文已述，每种刊行的三百部或五百部中，有一百五十部用于赠送中日各公私机构，余者投放市场。

由外务省所藏档案可知，《东方文化丛书》出版后，会经北平驻日公使馆转交东方文化事业图书馆。每一期出版的《东方学报》中，都有《东方文化丛书》的广告，代理书店有京都汇文堂、丸善株式

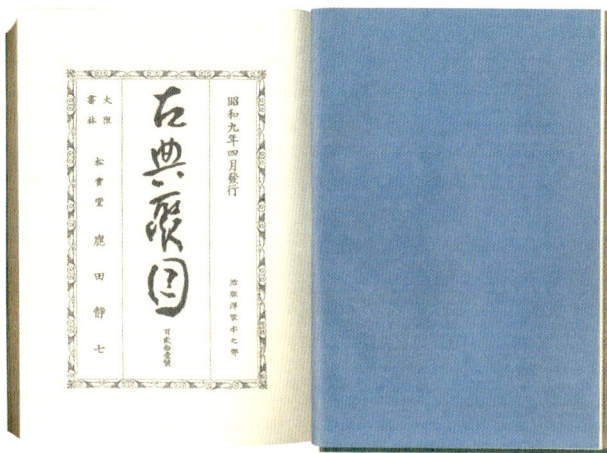

鹿田松云堂出版《古典聚目》

会社、东京一诚堂、岩波书店、上海内山书店等新旧书店。可知在当时，《东方文化丛书》虽然可以在市面上买到，但实际流通量并不大，主要原因应该还是价格高昂。

查阅 1927 年东京古书店一诚堂出版的《订正增补一诚堂古书籍目录》可知，在日本，1927 年，一百五十日元可以买到阮元编《皇清经解》，一百二十日元可以买到《古逸丛书》正续编，一百一十日元可以买到汲古阁本《十三经注疏》。至于《四部丛刊初编》，则更为价廉。由 1934 年大阪松云堂出版的目录《古典聚目》可知，一百二十日元可以买到汲古阁原刊初印本《十七史》，一百日元可以买到图书集成局铅印《钦定二十四史》，两日元可以买到古逸丛书本日本纸初刷的《影宋大字本尚书释音》。而 1929 年，日本国公立大学一年的学费为一百二十日元，1935 年，芥川赏与直木赏的

表一 《东方文化丛书》基本信息

序号	书名	出处	发行年	价格（日元）	制作者	备注
第一种	文镜秘府论	景宫内省图书寮藏古钞本	1930	35	小林写真所	
第二种	礼记正义	景山梨县身延山久远寺藏宋刊本	1930	18	七条宪三	安井小太郎撰校记。收入《四部丛刊三编》，艺文印书馆 1976 年翻印《东方文化丛书》本
第三种	庄子残卷	景京都高山寺藏古钞本	1930	40	便利堂	狩野直喜撰校勘记
第四种	春秋正义	景宫内省图书寮藏景钞正宗寺本	1931	32	小林写真所	安井小太郎解题。1934 年收入《四部丛刊续编》
第五种	南华真经	景中村不折氏藏敦煌出土唐钞本	1932	10		
第六种	玉篇残卷	景藤田氏古梓堂文库、东京早稻田大学、藤田男爵家、三重县神宫文库、京都大福光寺、京都高山寺、滋贺县石山寺藏古钞本	1932-1935	110	大塚巧艺社 小林写真所 七条宪三	
第七种	唐过所一轴	景滋贺县园城寺藏本	1935	4	大塚巧艺社	
第八种	毛诗正义	景内藤乾吉氏藏宋绍兴刊本	1936	150	小林写真所	内藤湖南旧藏。藏杏雨书屋，杏雨书屋 2011-20○○年复制刊行（非卖品），人民文学出版社 2012 年影印出
第九种	五臣注文选	景三条公爵家藏古钞本	1937	23		

奖金是手表加五百日元。对比之下，不难对珂罗版精印的《东方文化丛书》价格之高有直观感受。无怪乎当时中日两国的普通读者，尤其是学生，都更愿意购买价格低廉的《四部丛刊》等石印本。

四、《四部丛刊》中的日藏汉籍

1. 张元济的赴日访书

民国出版史上，可以称得上"国家事业"的古籍复制，应该是《四库全书珍本初集》的发行。有关影印《四库全书》的讨论，早在 1917 年已经开始，但却由于国家政权更迭、中央政府行政能力有限、各方势力难以平衡、争论不休、纸张不够等种种原因，竟至1933 年才由南京国民政府教育部与商务印书馆合作实现。对于《四库全书》的影印，日本学界，特别是从事中国传统学术研究的领域也给予相当关注。譬如 1932 年至 1933 年的《书志学》杂志上，对《四库全书》的影印出版给予极密切的关注，同时放出预约广告，可从日本直接邮购。甚至一度有传言，称日本要承包此项高额的复制工作。这当然引起中国舆论界的强烈反感，而且，南京国民政府也决不会允许。但由于南京国民政府缺乏足够的行政能力、政局混乱等因，近代中国政府并没有能力也无暇主持大规模的古籍复制工作。

从事这项事业，并实现大量影印、惠及学界的，还是张元济主持的商务印书馆。张氏很早就关注日藏汉籍，《四部丛刊初编》内就收入了静嘉堂文库藏北宋刊本《说文解字》十五卷、董康自京都带回的《刘梦得文集》三十卷珂罗版复制书等等。1928 年 10 月 15

日至 12 月 2 日，他以中华学艺社名誉社员名义，偕郑贞文访日。于静嘉堂、宫内省图书寮、东洋文库、足利学校等公私图书馆访书，并商借中国国内失传的珍本摄影，后辑入《四部丛刊》、百衲本"二十四史"等。

日本学界对他的到访也十分关注，东京斯文会"会志"称：

> 南宋大儒横浦张九成先生之子孙，现为上海商务印书馆董事会会长张元济氏，随东方文化事业委员郑贞文氏，为访唐土佚书、搜索横浦先生著书而来游。十月末以来约一月间，以静嘉堂文库为主，并访宫内省图书寮、内阁文库、东洋文库、帝国图书馆，近观德富苏峰、内野皎亭两氏宋元旧椠，远赴足利学校遗迹图书馆访问旧钞，行程紧促，无有宁日。

在日本外务省保存的档案中，可以看到张元济访书及复印典籍的申请过程。1928 年 10 月 27 日，外务省文化事业部长冈部长景致函足利市长大给新，请求给予便利。10 月 31 日，冈部长景向宫内省图书头杉荣三郎、内阁记录课长馆哲二发函，称"支那著名学者张元济及东方文化事业总委员会委员郑贞文、随员马宗荣近来视察日本各地，近日要访问宫内省图书寮及内阁文库，请贵处给予便利"。11 月 5 日，复致函上野帝国图书馆长松本喜一，请求提供方便。

11 月 18 日晚，斯文会会员在日本桥红兰亭为张元济召开欢迎会。据《斯文》第十一编第一号（1929 年 1 月）的记载，张氏当日于席上云：

我国近来古书刊行之风亦盛，南京政府亦有刊行《四库全书》之意。余此行欲搜寻贵国保存我邦古书而覆刻刊行。现得岩崎男爵承诺，刊行静嘉堂文库藏书十部之事。而于我而言最喜者，乃京都内藤博士告知，我欲搜寻之张九成先生遗书中，《中庸说》一册现存东福寺。归途定游奈良，欲观此书。向来我邦留学生游学贵国，尽学新学，而若求得古书刊行，不惟年轻学生，我等老人亦觉欢喜。余应以古书出版之事业，谋求两国亲善之实。世界同文之国，止贵我两国。阋墙之争乃一时之实。必有比从前更为亲日尊孔之日到来。欲请贵国学者以善诱恢复善邻之厚谊。

傅增湘在听说张氏东行之讯时亦在信中说："岩崎藏书想可遍览。其中秘籍甚多。是否可以影归传播。"（1928 年 11 月 6 日）

又过几日，张氏离开东京前夜，冈部长景、南满洲铁道株式会社长山本条太郎等人在日比谷陶陶亭设宴招待，斯文会安井小太郎、盐谷温等人同席。席上张元济赠长诗《日本访书诗》，细述东京、京都访书之事，末云"回首乡关尚烽火，礼失求野愿未左。国闻家乘亡复存，感此嘉惠非琐琐。呜呼，世界学说趋鼎新，天意宁忍丧斯文。遗经在抱匹夫责，焚坑奚畏无道秦。当世同文仅兄弟，区区阋墙只细事。安得尔我比户陈诗书，销尽大地干戈不祥气"。而以此诗观照不久之后 1932 年的"一·二八"事变，商务印书馆、东方图书馆遭遇日军兵燹，化为灰烬，岂能不痛心，岂能无恨。

2. 足利学校的失败经历

　　张元济的日本访书之行可谓收获丰富，回国后立刻着手书籍复制申请之事。有关向何处借印何书、出版后又向何处赠书等问题，已有相关研究。由张元济与马宗荣、长泽规矩也等人交往信件来看，可知过程颇费周折。1929 年 3 月 2 日马宗荣致郑贞文函云："借印书之事异常繁难，确是事实。据弟两月以来的经验，须时时东奔西走。应付日人尤为困难。报告亦麻烦事。"且耗时也颇久，不过结果都还算顺利。尤其是公立图书馆，即便有不允许复制之书，也都是日方拟印之书，于学术界无伤。如有这种情况，日方也希望张元济可选印复制其他书籍。借来复制的图书，先以中华学艺社的名义收入《中华学艺社辑古书》，再收入商务印书馆的《四部丛刊》续编、三编及百衲本"二十四史"等。唯独有一处是例外，虽数度申请，但均被彻底拒绝，那就是足利学校。陈捷先生曾详考 1887 年、1888 年清公使馆为借钞日本足利学校所藏日本古钞本《论语义疏》与日本外务省、足利学校所在地的地方政府及足利学校之间的交涉。比起当年清公使馆受到的周到接待与顺利达成心愿，张元济的此番交涉可谓不成功，这其中的过程与原因又是如何？

　　由于张元济《日本访书记》等资料之亡佚，有关他在日本的具体行程，诸多细节已颇难考。幸蒙史迹足利学校事务所岛田绘梨小姐于 2016 年夏慷慨惠赐足利学校所藏 1928 年至 1931 年《日志》电子版，可知张元济访问足利学校，是在 1928 年 11 月 8 日，当日记载云："支那老儒张元济氏、东方文化事业上海总委员会委员理学士郑贞文氏、长泽规矩也氏午前十时半顷来馆，调查贵重书《周易》等十八种，午后三时归京。”

1929年2月15日记载云："东京市岩川区大塚仲町二三柿田方内马宗荣君转交张元济氏为中华学艺社丛书申请影印出版本馆藏书事，询问是否许可。兴津（寿男）书记往市役所访问市长，听取意见。相同申请已有两次，宜拒绝，因我方亦有出版计划。市长批示，应当作出拒绝之回答。"

次日记载："对张元济氏影印出版一事作出拒绝之答复。"

同年4月9日："中华民国日本公使馆汪荣宝氏申请摄影出版贵重书《尚书注疏》、《毛诗注疏》、《周易注疏》。"

同年5月4日："兴津书记午前十时为事务所之事赴市役所商洽，正午归馆。为中华民国驻日本公使馆申请影印贵重书一事再行商讨。与市长协议后，作出决定，不同意。同馆对汪荣宝氏作出答复。"

以上可知，先是马宗荣向足利学校提出申请而被拒，之后又由驻日公使汪荣宝出面申请，经过近一月的商讨，依然被拒。近代以来，足利学校所藏宋刊《五经注疏》向受中日两国学者关注，张元济屡次申请，也可见其关心之著。而被拒理由是日方也有相同的出版计划。的确，1929年起，足利学校就筹划复制所藏《古文孝经》。1931年，足利学校遗迹图书馆刊行《古文孝经》。然而其所藏宋刊《五经正义》的复制工作，却要等到数十年后方得实现部分：足利学校以及图书馆后援会在1973年影印刊行了《周易注疏》，1973年至1974年影印刊行了《毛诗注疏》。此外，1980年栃木县立足利图书馆还曾制作《足利学校遗迹图书馆所藏贵重书集成》胶片。

"我方亦有出版计划"这样的理由，现在的影印工作中也常遇

足利学校正门（2018 年秋）

到，不久前我就有所经历。是为国内出版社向日本某私立大学申请影印出版某钞本，前期与大学图书馆沟通时一切顺利，等申请手续都完成后，对方突然告知，称该大学相关学者及图书馆上级领导讨论后重作批示，该大学也有影印出版此本的计划，否决了我们的申请。这是一句万能托词，很可能只是不愿意让外人染指自己收藏的资料而已。好在"学术乃天下之公器"这一原则越来越被日本各大学、机构的图书馆所认可，影印出版资料的手续日益便利，也有大量资料以高清电子图像的方式公诸网络。

回归正题。从《日志》可知，作出拒绝批示的是足利市市长，足利学校管理者并无权限。事实上，江户末期以来，足利学校已相当荒芜。明治维新之后，脱亚入欧风气大盛，足利学校更无人问津。直到明治十四年（1881），在各方努力下，才设置了足利学校保存会。但因经费、管理、所属等实际问题，足利学校一直步履维艰，甚至还遭遇过窃书事件。明治三十年（1897），方成立足利学校遗迹保存会。随着近代日本民族主义、国家主义的勃兴，政界、学界开始从儒教、传统汉学中寻找理论依据，这才是足利学校复兴的真正契机。1920年代以来，调查藏书、文物之外，足利学校还在学者的理论研究及政府的资金支持下，积极举行祭孔活动。可以说，足利学校已成为日本近代儒教复兴、重塑日本传统精神的实践场所之一，早已不是清末公使访问时所属不明、经费困难的状况。张元济申请复印藏书之所以被拒，也应考虑到这样的背景。

1935年2月19日，长泽规矩也曾向张元济寄去一通书信，其中又提到足利学校借书一事，称如果符合若干标准，此事恐非绝望。

同年 3 月 7 日张元济覆信称，闻说此事可商议，"极为忻幸，容与敝馆同人商定，再奉复"。但也不复有下文。

3. 张元济的取舍

那么，在选用日藏汉籍时，张元济对原有的日人跋文，或日人所作解题，又作了怎样的取舍？在《四部丛刊初编》的《刘梦得文集》中，卷末保存了藤田绿子录董康识语及内藤湖南跋文。而在 1935 年《四部丛刊三编》第一期收入图书寮宋刊单疏本《尚书正义》之际，张元济制定了如下制版要则：

一、日本所加眉批、旁训及其他记录文字一切削去。

二、日本所加句读，无论正点、侧点及连字之点，一切削去。

三、原书卷二缺第二十六页，卷六缺第二十七页，请撤出勿照，另行抄录，并商格式再行抄录。

四、卷首封面阴面系日本人注释文字、卷末内藤虎跋文均撤出勿照。《解题》一册更无庸议。

五、文字原来残缺者、脱落者、模胡者、匡线断缺者悉仍原式，均不修补。惟认为墨污者可修净。

有关古籍复制是否要全部保留原样的问题，今日犹引人深思。研究者与读者对典籍影印的要求也在发生变化，不仅求文字之原貌，更希望尽可能掌握文字之外的各种信息，包括墨迹浓淡，前人留下的眉批、书跋，日人留下的训点，乃至纸张纤维、纸铺印鉴等等。这也是为什么近百年前影印的珂罗版典籍，今日依然魅力不减，深受欢迎。更有学者发掘昔日珂罗版典籍，翻印于世，让当年受技术所限、发行量甚小的秘籍更大程度地为人所用。

而张元济前后态度的变化，或许不仅仅是古籍复制理念的转变，很有可能与时局相关。虽然张元济一直与日本学者保持交往与联系，但1935年中日两国的关系，早不是1920年前后尚存的友好温情，是否有必要在中国出版物中保留日人跋文、解题，的确值得斟酌。同样收入《四部丛刊三编》的《礼记正义》，用的是1928年狩野直喜还历纪念会影印岩崎氏藏钞本《礼记疏》残卷及《东方文

表二 《四部丛刊初编》、《续编》、《三编》所收日藏汉籍基本情况

	书名	原藏处	备注
初编	说文解字十五卷	静嘉堂文库	由叶德辉通过白岩龙平向静嘉堂借印
	刘梦得文集	京都福井氏崇兰馆	翻印董康委托小林忠治郎珂罗版复制本
续编	春秋正义	宫内省图书寮	翻印《东方文化丛书》第四种
	群经音辨	静嘉堂文库	原收入中华学艺社辑印古书
	饮膳正要	静嘉堂文库	原收入中华学艺社辑印古书
	山谷外集诗注	宫内省图书寮	原收入中华学艺社辑印古书
	东莱先生诗集	内阁文库	原收入中华学艺社辑印古书
	梅亭先生四六标准	内阁文库	原收入中华学艺社辑印古书

三编	尚书正义	宫内省图书寮	翻印大阪每日新闻社"秘籍大观"
	礼记正义	钞本旧藏岩崎氏宋椠藏身延山久远寺	1928年狩野直喜还历纪念会影印岩崎氏藏钞本《礼记疏》残卷；宋刊本《礼记正义》为《东方文化丛书》第二种
	诗集传	静嘉堂文库	原收入中华学艺社辑印古书
	中庸说	东福寺	由长尾雨山商借影印
	太平御览	图书寮、东福寺、静嘉堂	原收入中华学艺社辑印古书

化丛书》第二种宋刊本《礼记正义》，但在跋文中，仅称"日本影印卷子本"、"千百年湮沉海外，一旦同时复显，因亟覆印，以补吾国经苑之遗佚焉"。对关心版本源流的读者而言，难免有所不便。

结　语

以上梳理了1928年至1937年中日两国古籍复制的交流史。这一时期的古籍复制，不论中国还是日本，都经历了从个人兴趣、小规模收藏向大规模商业活动乃至国家事业的转变。技术变革保证了古籍复制事业近代化的水平及效率，珂罗版、照相、石印等技术，互为补充，于复制事业均意义重大。

由中日两国合作为名义而诞生的东方文化事业，由于其政治背景及当时日益恶化的中日关系，终于未得顺利进行。其传统中国文化研究部门事实上由中国转移至日本国内，同时并列设置古书复制部门。1929 年至 1937 年间，共复制稀见日藏汉籍九种。虽因价格高昂、复制部数较少等因，仅在学术界流布，但其学术及版本价值均得到当时学界很高评价。其中有两部不久被收入《四部丛刊》续编、三编。中日战争爆发前后，日本国内政治对日本学术的影响日益加剧，最终导致东京与京都两地研究所的分裂，与之并存的古书复制事业也随之终结。

1928 年，张元济赴日访书，之后又通过中华学艺社申请复制日藏汉籍，过程曲折复杂，也经历了来自足利学校数次彻底的拒绝。其情形与清末驻日公使商借足利学校所藏善本之际所受的高规格待遇相去甚远。其原因固然有足利学校由明治年间的管理不善、不受重视，到昭和初年得到政府的种种支援，此外，也可看出两国地位的微妙变迁，以及围绕中国已佚、日本现存之珍贵典籍所产生的共同关注、角力及竞争。

当时，中国读者邮购日本书籍、日本读者邮购中国书籍，都是很普遍的行为。此外，从现存的书店购书目录来看，两国的新旧书店也起到了流通书籍的重要作用。然而 30 年代中期以后，日本对进口、出版报刊图书的管制越来越严格，导致两国图书流通日益受阻。有关这一问题的探讨，则俟诸他篇。

2016 年 10 月 20 日

1930 年代，
在日本如何购读中国书籍报刊

1920 年代至 1930 年代，印刷技术的革新、学术的发展、高等教育的普及、大出版商的崛起、公私图书馆的发展，无不对中日两国图书市场带来很大影响，可以称为出版业的"近代化"。这一时期，许多善本珍籍已被收入公私图书馆，国家也陆续颁布"国宝"、"文化财产"等名单，促使人们有意识地保护本国文化。虽然珍本古籍依然在两国之间流通，但随着民族主义的勃兴、两国关系日趋恶化，古籍流通越来越受限制。人们已不能如前代学者一样，可以轻松从市场买得珍本古籍。因此，图书馆的利用、典籍的复制，日益受到重视。而商务印书馆、中华书局推出的各种丛书、教科书，无疑为普通读者，尤其是购买力一般的贫穷读书人提供了很大便利。今人考察昔日书籍流通，多关注学者、藏家的动向，比如中国学者如何在日本访书，日本汉学家又如何在中国购得珍籍，这可视为书籍流通史的"主调"。那么，普通人的购书行为，便可当做底下的"伴奏"。长泽规矩也在《书志学》第二卷第五号（1934 年）上的一篇关于购读中国古籍的《质疑应答》，就为我们提供了一份了解"伴奏"的资料。

《书志学》即日本书志学会会志，该会成立于 1931 年，最初会员二十名，包括宫内省图书寮、内阁文库、帝国图书馆、京大图书馆、大阪府立图书馆、早稻田大学图书馆、尊经阁文库、岩崎文库、静嘉堂文库各馆负责人，并德富苏峰等藏书家。汉籍研究方面用力最勤者，是长泽规矩也。他通过书志学会进行了一系列工作：编纂各藏书机构目录；积极与北平图书馆、浙江省立图书馆等中国图书馆机构以及张元济等中国学者进行交流；在《书志学》推出版本学专用术语提案；评议、探索图书复制的方法。

这篇《质疑应答》中，第一位提问者是研究汉文的学生，想直接购买中国书籍、杂志。另外一个问题是"请教日本出售上海本的书店"。"上海本"，即商务、中华等书店发行的普及本，当时进口日本甚多。长泽解释说，在日本，经营中国进口新刊书籍的专门书店，有东京本乡区二之二号的文求堂，及京都寺町通丸太町南的汇文堂。两家各有千秋，文求堂历史悠久，规模庞大，店主田中庆太郎很早

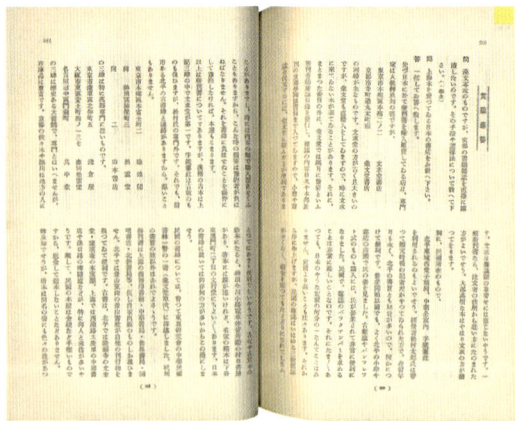

长泽规矩也《质疑应答》，载《书志学》第二卷第五号（1934 年）

就与北京书商交流密切，于版刻书籍方面颇有研究，但报刊并不在文求堂进口范围之内。而汇文堂会直接进口新刊书籍报刊，因此有时候在文求堂买不到的新书，却能在汇文堂见到。汇文堂隔月发行的新刊书籍杂志目录《册府》内容详备，包括杂志的内容、目录，以及日本新刊中国学方面的书目，颇便使用。

长泽还提供了一家北平书店：东城西堂子胡同，中华公寓内，字纸篓社。"经营者松村太郎氏曾为《顺天时报》记者，久居北平，与北平书贾亦多相知，有什么事情找他，都会很方便。经营字纸篓社之前，时常能在北平小书店或书摊见到他的身影。如想买旧杂志、手册，找他则再便利不过。购买民国的往期杂志十分困难，即便有，也不像日本那样，是定价的几分之一。往往要比定价昂贵。因为民国杂志需要先付款，有时因内容问题而禁止进口，损失也由读者承担。""以上三家，文求堂为第一。字纸篓虽也经营古版本，但不在松村氏专业之内。不过他可代为联络北平古书肆，这一点也还不错。"

松村太郎的生平情况，尚极模糊。但知他曾与琉璃厂松筠阁书店主人往来甚多，"为松筠阁介绍了不少生意，书店赚了不少日本人的钱"。但后来因事断交，"就给隆福寺文殿阁介绍生意去了"（魏广洲《松筠阁与松村太郎》）。有关文殿阁的成立及出版发行活动，雷强有《文殿阁书庄》一文考证详备，文中也论及松村太郎与文殿阁的关系。指出文殿阁成立于 1934 年，并请松村太郎参与筹划《国学文库》的印行，且文殿阁翻印西文汉学经典的事业是松村太郎与钱稻孙等人共同规划展开。另外，由渡边三男的回忆可知，1939年 9 月，松村太郎还为文殿阁影印出版了《日本一鉴》，所用底本

是北平人文科学研究所的钞本，以京大所藏钞本补阙，但刊记仅云
"民国二十八年据旧钞本景印"。渡边称松村是"老北京"，说他在
北京的日本人当中很有声望。

东洋文库设立之初，松村也曾从中尽力，帮忙搜集汉籍丛书、
地方志、族谱、《明实录》等等。比如他曾通过松筠阁将陶湘藏书
中平定各省方略十余种售归东洋文库（雷梦水《书林琐记·涉园藏
书聚散考略》）。

松村的名字，还散见于竹内好、志贺直哉等人的日记里。如
1929 年 12 月下旬至 1930 年 1 月下旬，志贺直哉与里见弴受南满
洲铁道招待，访问东三省地区。1 月 14 日起到北平，勾留十日。
1930 年 1 月 16 日，遇到钱稻孙与松村。1 月 19 日，受松村招待，
至钱稻孙宅，"与周作人等人吃饭，是为此行最美味者"。

松村与钱稻孙的确私交甚笃。1930 年，钱于西四牌楼受壁胡
同九号家中开设泉寿东文书库，"并于北平东城西堂子胡同中华公
寓内字纸篓社发行日文月刊小杂志《字纸篓》，可视为本书库机关
杂志"（邹双双《被称为"文化汉奸"的男人——翻译过〈万叶集〉
的钱稻孙的生涯》），不过杂志《字纸篓》今已难寻。（按：此文刊后，
经高山杉先生指点，今中国国家图书馆藏有 1931 年第二卷第二号
至第九号的残本，合订一册。每一号少则四或六页，最多八页。见
《〈字纸篓〉中的〈学舌〉》，《南方都市报》2016 年 10 月 16 日。）

据《日华月报》主编鸿山俊雄回忆，1930 年，大学三年级的
他游学北平之际，就是住在中华公寓。"在这里，认识了在北平居
住三十年的《国民新闻》驻外记者松村太郎氏夫妇，对我十分照顾。

钱稻孙先生在泉壽書藏——十年前所摄

1. 伏案写作的钱稻孙　2. 钱稻孙于泉寿书库留影（1934 年），载《艺文杂志》第二卷第一期（1944 年）

所谓公寓，其实是一间一间出租的房子。""松村夫人五十岁左右，没有孩子，待我如己出，十分照顾。经松村介绍，还认识了满铁北京公所研究室的黄子明、清华大学教授钱稻孙。""到北京后，松村夫人领我去裁缝那里，帮我挑布、裁衣，做了长衫。"（鸿山俊雄《日中交流七十年》）

字纸篓社刊行过不少史料，如1933年出版《满清入关前与高丽交涉史料》一卷、《胶澳租借始末电存》一卷，1934年出版《四夷考》二卷、《皇明留台奏议兵防类》一卷。据东洋文库主页介绍，松村1940年归乡，1943年将数千册有关近代中国的书籍、杂志捐赠给东洋文库，1944年去世。同样是渡边三男的回忆，称松村晚年具体住所是故乡大分县国东町。

长泽继续介绍，东京的琳琅阁、松云堂、山本书店经营汉籍相对专业。东京浅仓屋、大阪鹿田松云堂、名古屋其中堂虽非主攻汉籍，但因历史悠久、规模庞大，故而库存丰富，或有所得。新刊书可直接向商务印书馆、中华书局、世界书局、开明书店、北新书局等处邮购。北平景山东街的景山书社亦颇便利。与在日本国内购书可到货后付款不同，邮购民国书刊，必须先汇款。报刊方面，他推荐了《北平图书馆馆刊》、《图书馆学季刊》。"天津《大公报》于学界最为有益。北平的话，《北平晨报》（宣外大街）还算可以，《京报》详于剧界。《申报》新刊书广告很多，《时事新报》亦然。北方则是《大公报》。"

长泽自己也定期邮购《申报》、《大公报》等刊物。不过到1936年，日本当局对海外引进的书籍报刊管理日益严格。"民国寄来的书籍包裹，常被开了洞。这实在很麻烦，好端端的书给弄脏了。""二月的报纸往往要等到三月末、四月才能到，且每个月肯定会缺几天。""然而对书店的进口书好像比较宽容。虽说破坏风俗，但《金瓶梅词话》等书却可以进口京都。而小册子之类似乎格外遭到憎恶，浙江图书馆所赠陈列目录的薄册，不论是寄给学会，还是寄给个人，信封都被撤换。"（长泽规矩也《杂话》，《书志学》第六卷第五号）

待 1937 年后，情况当然更加恶劣。1940 年后，战时经济统制下的日本成立了日本出版文化协会，1941 年成立国策公司"日本出版配给株式会社"，对所有出版物进行强力管制，下令"出版界需成为思想战的兵工厂"。加上纸张供应严重不足，许多杂志陆续停刊，《书志学》在 1942 年 1 月难以为继。《日本古书通信》也尽充斥着有关限制出版、消灭违规出版物之类的新闻。战后，经过很长一段时间的混乱时期，书籍的出版与流通才逐渐恢复生机。

2016 年 11 月 30 日

补记：

此文完成后又过去一年多，在《中国文学论集》第四十六号读到九州大学稻森雅子的论文『钱稻孙の私設日本語図書室"泉寿東文書庫"』，文中披露了不少新资料，于了解松村太郎与钱稻孙的交往颇为关键。今借编辑文稿之机，译介如下，兹为补缀。

稻森雅子指出，在株式会社岩波书店藏有三通松村太郎致岩波茂雄的书信，最初一通作于 1930 年 3 月 7 日，关涉泉寿东文书库设立过程。稻森氏曾亲访岩波书店，并在论文中全文收入这通书信，试译云：

岩波先生谨启：

　　我是钱稻孙创立的泉寿东文书库相关人员之一。尚未与您拜会，却贸然来信，还请多多包涵。今后如蒙指教，则幸甚矣。

　　此番钱氏创立书库以来，颇辱厚情，获允交换贵处发行之杂志《思想》，感激不尽，谨致谢忱。

　　有关钱氏书库创立之经过，先生既与钱先生多年至交，想已有所了解。我作为相关人员，亦谨述其原委，敬盼知悉。

　　如您所知，钱氏在本职之外，还担任各学校的日语教授，故而亦鼓吹中国方面阅读日人撰著。这从学术观点而言，日本人对各种学术，特别是对东洋学的研究，最近异常进步发展。不仅连欧美学者也寄予极大关注，单是中国一方的学者，因仍多不脱旧态，故可以日本人之著作鞭挞中国学者，使其觉醒。再从政治观点而言，中国人历来对日本及日本人的观察，多由外国人著书窥知，一向不能触及真相，故而应尽可能通过日人著作令其获得直接之了解。

　　然而各学校及图书馆所藏日人著作极少，就是号称所藏最多的北京大学，也不过二千余部，且大多为从前的旧书，鲜少近日新著。北平图书馆自有钱氏任职以来，虽极力鼓吹购买，但因经费等故，并不能如愿，十分遗憾。

于是钱氏痛感有必要建立收藏日文书籍的大图书馆，往年日本曾着手对支文化事业，钱氏很早即通过某人建议搜集中国善本，同时购入日本书籍，以便中国学徒使用。但这并非易事，文化事业将来暂时还是仅购入中国书籍，且并不向一般读者公开，只供研究员研究之用，钱氏对此极为失望。

但以中国人士研究日本书籍的热情之日益旺盛，钱氏每逢日本名人来平，便向其讲说设立日文图书馆之必要，乃为急务。日本方面没有人不赞成，但却没有一人回国去宣传。这未必是日本人嘴上客套，也许是因为眼下日本经济不景气，无暇过问这样的事吧。

钱先生屡屡向我征求意见。但如我这样的老书生毕竟力有不逮，而如果只是等着天上掉下好事，那么何时能成立，根本没有个指望。因此在去年初夏，我向钱先生提议，虽然暂时没有成立大型图书馆的计划，这个可以从长计议。不过如果先各自提供藏书，从小规模起步，一方面向各方面请求寄赠图书，一方面促成设立大型图书馆的机会，这样如何。将来时机成熟，设立大图书馆之际，这个小书库也可与之合并，于达成目的并无问题。钱氏同意此案，之后与同志进行各种协议后，终于在今年年初发表旨趣书，开始着手创立事宜。

因钱氏没有足够财力，因此我们自然尽力向日本方面诉说同情，请求寄赠图书，作为搜集图书的补偿。为中日两方面提供便宜之事，尽相关人士之力，为创立书库而努力，且出于节约经费的考虑，书库也由钱先生宅邸一部分充当。

或许会有人轻蔑说这是穷人们搞的事业，做不出什么来，但我们一开始就有这样的觉悟，只是想彼此努力，期待有一些进展。向来富有财力之人，也不会有这样的想法，只是靠着银行和公司，以为能事。在这一点上，不论日本人还是中国人，都是一样的。

总之，在书库创立的同时，也开始与中国的书店联络，向日本输出汉籍。因为还没有充分让日本一方知道此事，使用者尚不多，但会逐渐增加。

一开始就考虑在中国引进日本书籍，但按照规定需要提供不少保证金，以目下书库的资金状况而言，实在难以承担。不过中国一方已经拜托代购方预约平凡社发行的《书道全书》《世界美术全书》(按，应为《书道全集》《世界美术全集》)等几种，眼下应该已经开始和平凡社直接进行交易。

因此，如果先生您经营的书店也可以接受直接交易的话，则感激不尽。我们盼望，如果可以的话，恳请贵处今后每种新刊书籍都能惠赐本书库一部。书库在接受寄赠之际，也会在左列日刊汉字新闻中以新刊介绍加以说明，告诉希望购买的读者，本书库有样本一部，可供免费参阅。

北平：《顺天时报》(日本人经营)、《新晨报》(阎锡山的机关报)、《全民报》(北平市长张荫梧的机关报)、《益世报》(中立)

天津：《大公报》(中立)

以上各报在北平、天津皆富影响力，我们与他们都有联络。

如此，中国一方也必然会有购买者。收到订单后，以折扣价加邮费，由本书库订购。也许有人会说已经接受了一册寄赠，还要求折扣价，实在有点得寸进尺，但有没有这册样本，对销量大有影响。比如前面说的平凡社《书道全书》《世界美术全书》就是中国读者看了该社某氏惠赐的样书之后而下单的（当中还有一位外国人，都是看了实物之后下的单）。再多说一句，对于预约的书籍，中国人一般都是一次付清。

无论如何，如果可以这样的话，书库就能逐渐丰富藏书，购书者也能在看过内容之后较为安心地下单，对贵店而言也可以多出售几部，因此我认为这是便于三方的好事。恳请从支持书库的立场出发，俯赐允许（新刊介绍在刊登之际也会奉上剪报以供贵览）。

钱氏最初打算从三、四月开始出版不定期的汉文刊物《学舌》，分发中国各处之外，还作为《字纸篓》的附录发至日本各方。但东京帝大的原田淑人助教授预计 3 月 10 日前后作为北大的交换教授来平访问，钱氏将担任翻译，十分忙碌，不得不再延期数月。《学舌》的内容主要是日本的中国学术研究概要及日本新刊书籍的介绍。

拉杂长文，委实失礼。万望曲鉴悃诚，如蒙慨允，幸甚至哉。

北平东城西堂子胡同中华公寓内

松村太郎

3 月 7 日

此信足可说明松村太郎与钱稻孙的密切关系，也可以看到松村太郎为泉寿东文书库实际付出的劳动与努力。如今，在岩波书店藏有 1930 年刊行的《字纸篓》，在东洋文库藏有松村太郎寄赠 1930 年至 1935 年（第一卷第一期至第六卷第四期）的全号《字纸篓》，比国图所藏"1931 年第二卷第二号至第九号的残本"更为齐全。东洋文库还藏有《学舌》的一至五号，惜未介绍具体卷数，但比国图藏本《字纸篓》第二卷第二号、第三号内所附《学舌》第二卷第一期、第二期更丰富，可作对照补充。

从《字纸篓》创刊号至第二卷第八号（1931 年 8 月）为止，共刊出十二回寄赠记录，写有寄赠方的名字、所在地、寄赠书名、册数，共有四百余名中日双方法人及个人，当中可以见到岩波书店之名。松村太郎在信里提到的"趣意书"，即中文的"泉寿东文书藏征书缘起"，日文的"泉寿东文书库创立趣意书"，在《〈字纸篓〉中的〈学舌〉》中已全文介绍了中文部分，稻森文中也收录了中日全文，此处不再转引。据说当时共印刷了一千五百份中日文"趣意书"（缘起），广寄各机构、个人。如德富苏峰纪念馆藏有一份，桥川时雄《文字同盟》（第四卷第一期，1930 年）对"趣意书"也有所介绍。《中华图书馆协会会报》（第五卷第四期，1930 年）、《大公报》（1930 年 1 月 27 日《文学副刊》第一〇七期）等报刊亦全文刊载"缘起"，俱称"北京大学、清华大学教授钱稻孙君，教授日文多年，深感一般人士不易得见日本出版物之苦，爰出其旧藏，暂时即于其宅内办一私人图书馆，定名泉寿东文书库。陈列日文书籍杂志，公开阅览，现已有书籍千余册，杂志若干"云云。并为钱氏募集兼通中日文字之人，"专力介绍日人近来对于东洋史及中国文化之重要著述"，帮助编辑《字纸篓》等杂志，不过后来似乎并未募得人员，还是松村太郎一力担任编辑工作。

在松村太郎所云保有联络的《大公报》（1930 年 6 月 16 日），曾专门介绍了第一期《学舌》的内容，开篇云：

> 北平钱稻孙君等设立泉寿东文书藏（北平西四受壁［按原文作壁］胡同九号）。收罗日本有关于东洋史学、文学、美术之书报，已志本刊第百零七期，书藏近出版刊物二种，一种日文，名《字纸篓》，已出五期，每期售洋二角。一种中文，名《学舌》，已出一期，零售二分五厘。二种均是月刊，本刊得见其《学舌》第一期，内容有最近日本学者重要论文之介绍。

泉寿东文书库成立后的第二年，"九一八"事变爆发，书库也暂告关闭，代销图书的业务随之中止，《字纸篓》也告休刊。1932年 1 月，《字纸篓》复刊，至 1935 年 5 月第六卷第四期为止，仅刊登代销书目及联络事项。他日如有机会至东洋文库查阅，应该可对《字纸篓》及《学舌》作出更细致的分析。书籍交流、学术研究受时局影响之大，由泉寿东文书库的命运也足可窥知。对这些被埋没的细节抱有关心，不仅是满足补足历史拼图的好奇心，也是为今天的我们留一些理解某个时代、某种风气的线索。

2019 年 3 月 3 日

首尔书店奔突记

一

之前因为考察傅增湘所藏朝鲜活字本《韦苏州集》在中日韩三国之间的流传，注意到日本朝鲜史学者今西龙的藏书，发现他收藏有许多朝鲜本。今西所著《高丽及李朝史研究》中有《藏书手记》一篇，记录书籍来历，为我们提供了不少韩国古书店的线索。粗略整理今西年谱，发现他早年去韩国，并没有特别活跃的购书活动，留下的多半是借书、抄书的记录。如"新增东国舆地胜览"条：

> 明治三十九年（1906）令写字生岸本夫子抄写内阁藏本之中宗王代刊本，约定一枚纸二十五钱。实际花费去九十九元九十五钱。当时余甚贫乏，思之凄然。

按明治初年大学、图书馆等机构有专门抄写公文的职员，名曰写字生。明治三十一年（1898）《贵族院要览》有"写字生规则"（明治廿三年十月廿五日），凡五条，曰各科如需写字生，应往庶务科汇报。写字生按日结算工资，有四等，分别为三十五钱、三十钱、二十五钱、二十钱。

如"己丑事迹"条：

> 不分卷一本，钞（广史三集所收）。据广史本转钞。妻マサ钞此。明治四十五年（1912）七月十五日。与原本校了。

又如1914年，四十岁的今西在咸镜北道稳城郡发现《北关志》刊本的一册零本，借阅，带回京城转钞。

1917年，今西升任京大助教授，游咸镜南道咸州郡，遇到友人姜大衡，称本地某旧家藏有旧志，遂托其借观誊抄。翻检《藏书手记》及天理大学今西文库目录，不难知今西所关心者多在历史地理方面。而《藏书手记》中在汉城的购书记录，多半集中在1927年至1932年之间，知其收购朝鲜本的主要时期当在1926年兼任京城帝国大学教授之后。而京城大学的日本教授的确是古书消费的主要群体，购买力强大。据河东镐介绍，日帝统治时期，书商向京城大学的日本教授卖书，某汉籍要价二元，教授认为此书价值当在七元，而付款时竟给了二十元（河东镐《韩国古书籍商变迁略考》，收入《近代书志考类丛》，塔出版社，1987年）。

《藏书手记》中出现最多的京城书商之名，当属华山书林李圣仪，今西通过李氏购买了旧钞本《乙丙日记》（1929）、《黄檗山断际禅师传心法要》（1929）、成佛寺本《寒山诗》（1930）等等。之外也常向翰南书林、朴风秀、朴骏和、郑晃震等人购书。翰南书林位于钟路区宽勋洞18番，大约在1900年前后开业，专营古籍。主人白斗镛（号心斋）中人阶层（朝鲜时代身份制度之一，地位在两班之下，常民之上）出身，原为画员，后经营古书店，是汉城旧书业界的名家。翰南书林拥有许多旧版木，近代以来仍以旧版木印行了不少书籍，即所谓翰南书林本。有《千字文》、《童子必习》、《启蒙篇谚解》等童蒙类书籍，有《四礼撮要》、《丧祭礼抄》等礼学书籍，也有《九云梦》之类流行小说，市场很大。白氏也编纂了不少资料集，与前间恭作、三木荣等日本学者往来甚多，东洋文库的许多朝鲜本就是从翰南书林购入。1935 年前后，白氏去世。1938 年 4 月，日本颁布《国家总动员法》，对消费物资加强控制，韩国也在该法令管制之下，京城许多旧书店难以为继，纷纷倒闭。

东京韩国研究院杂志《韩》（第一卷第八号，1972 年）有一则摘自《东亚日报》、《韩国日报》的新闻，记述了有关华山书林的历史与动向：

> 1922 年，李圣仪在首尔钟路区卧龙洞开办旧书店华山书林，1965 年去世。李圣仪之妻申英姬女史（首尔钟路区卧龙洞七三），6 月 9 日将八千七百一十三册古书寄赠高丽大学校图书馆（内有贵重本七百二十四册，古文书八百五十七册，书画九十六种）。当中有《洪武正韵译训》（世宗命成三问、申叔舟据《洪武正韵》编纂而成，原为十六卷，八册，阙第一卷第一册。宝物 470 号）、《朝天记》（宣祖八年，许筠之兄许篈游中国燕京之后，归来亲笔所书纪行文，原为玩堂金正喜保管，后为李氏所有）、《东洋古活字册标本书目标本帖》

四册（李氏所著。以年代为序，收集癸未字［太宗三年］以来各种活字本及木活字本标本）。

华山书林的精华部分留在了高丽大学图书馆，但还有很大一部分被哥伦比亚大学图书馆收购，其中有金属活字本四百二十二种，木活字本一百七十六种，陶活字本四种，可以对李氏当年的收藏规模略作想象。

1956 年 2 月，吉川幸次郎以研究费购入今西龙旧藏中与中国文史相关的一百七十二种书籍（凡四千三百三十六册），寄赠京大文学部，即今西文库。而今西龙旧藏中与朝鲜史相关诸种文献则由其子今西春秋售予天理大学，共六百六十七件（馆藏印记显示收入图书馆的时间在 1962 年至 1965 年之间。东京雄松堂书店于 1975 年至 1976 年间将其中重要部分制作成胶卷）。据韩国国文学学者金东旭介绍，今西藏书出售之际，韩国业界也曾收到目录，要价八百万。而天理大学给出一千二百万的高价，成功收得今西藏书，韩国业界唯有叹息而已。而当时也是天理教二代真柱（教主）中山正善锐意收书、天理教经济状况很好的时代，如此豪举，在 1967 年中山正善去世之后，则再难重现。

二

近日有机会到韩国，终于可以看看中国、日本之外东亚世界的书店，特别是我感兴趣的旧书店。临去前请教了首尔出生的李同学，他提醒我不要抱什么希望，李朝时代朝鲜就没有旧书店的传统，识字阶层人数寥寥。到 19 世纪才零星有"贷本屋"，即借书铺，主要经营一些妇孺都能读懂的通俗书。李同学的父亲是韩国古代文学学者李胤锡先生，于近世贷本屋很有研究，他的意见自然可靠。不久前刚在东京听过一次李先生的日文报告，当时研究中国、日本出版史的老师都对韩国近世未曾出现旧书店而感到不可思议。李先生解释说，朝鲜时代读书阶层人数不多，整体经济状况糟糕，的确没有明清时代中国城市里繁荣的书铺，也没有江户时代丰富的本屋。朝鲜出现旧书店，主要还是日本殖民之后，在京城（汉城）出现了一些日本式的古本屋。书店主人许多来自日本，或者是在日本旧书店当过学徒的朝鲜人。据说李先生年轻时常在仁寺洞一带逛旧书店，彼时还有几十家，如今凋零殆尽，几乎只剩两三家。

我不死心，李同学称，大概地铁安国站附近、仁寺洞路北端的通文馆尚可一观，有不少朝鲜本和学术书，很受日本学者欢迎，但不要有太高期待。此外，东大门清溪路附近的平和市场还剩几家二手书店，但水平非常一般（豆瓣网友夜先生亦指点我"东大门的平和市场，有一排旧书店，算是比较集中的了。当然，完全比不了日本"）。"类似 BOOK OFF，不是你感兴趣的那一类型。"又问新书店，说光化门附近有一家很大的教保文库，有点类似茑屋书店。

心想或许不排除李同学对自己故乡态度过分谦抑的可能，看网上的文章，至少 2012 年出版的《首尔市袖珍旅游手册》还说："古籍书店同古董店一起，从日本占领期开始一直延续至今。""以前有三十多家古籍书店，现在大多已经关门歇业，只剩下通文馆、问古堂、承文阁、永昌书店、韩国书籍中心、宽勋古书房、文友书林、文古堂、好古堂等几家。"不过他马上找了一篇 2016 年日本学者的文章给我，上面赫然写道："当年仁寺洞诸多经营善本的古书店中，如今还有通文馆和承文阁两家在营业。"大概就带着这一点零星的背景知识，懵懵懂懂来到了首尔。

三

此番去韩国，大部分时间已有固定安排，譬如去景福宫、昌德宫、韩国国立中央博物馆、韩国国立民俗博物馆、奎章阁等地，皆有收获。而有限的自由时间，首先就近奔向光化门的教保文库。一进门，仿佛一头钻进国内某处新书店，气氛热烈，到处都是迎接圣诞的装饰。数年前刘铮先生在《首尔买书记》中也提及教保，说"不留心的话还以为里面是百货店"，"堂庑甚大，书架一直延伸过去，不禁望书海而兴叹"，的确如此。我也不识一字韩文，身处书海，想"爆买"却不得其门径，非常遗憾。最醒目的地方摆着畅销书，有不少日本文学作品，夏目漱石、森鸥外、宫部美雪等，小三十二开的册子，装帧没有特别出色。法学区域有一张大桌，坐满学习的读者，这在不鼓励"立读"的日本书店，决计不会看到，因此也有些吃惊。后来问李同学，他说最初店里也不欢迎读者只看不买，后来管也管不了，索性彻底放开，倒成了一项吸引客人的特色。摸索到古典文献区域，发现一些儒学的书籍，与成功学毗邻，更像国内书店。昔年刘铮先生在外文书区域收获甚多，而日本书店的外文书也很丰富，故而没有在此过多停留。加上店内人潮涌动，节日氛围过分浓郁，便匆匆撤离，去往仁寺洞的通文馆。

奈何抵达时已日暮落锁，望见玻璃门内高高堆起的书墙，与日本旧书店风格接近，很觉向往，决定次日得空再来。仁寺洞一带颇有南锣鼓巷之类旅游街区的气质，熟悉了京都整然的街巷，来到这里，一时仿佛回到北京。街边有一些韩纸店、笔铺、古美术品店、韩服店，未及闲逛。瞥见橱窗内有很漂亮的古董闺房家具，镶着螺钿，在京都的高丽美术馆见过类似陈设，应该很适合放在卧室。

又一日，起早去东大门平和市场看旧书店。地铁东大门站八号口出来，走过清溪川，就看到沿街一排旧书店，有的已在营业，有的刚刚打开卷帘门。乍一看情况实在惨淡，连 BOOK OFF 的气势也比不上，铺面与书籍均呈萧条之色。犹不死心，拿 Google 翻译软件比划着问市场门口的工作人员："请问除了这里，还有别的古书街吗？"对方指指这条街，表示再无他处。

于是一间一间去逛，店面大多逼仄，两边书架林立，堆满通俗书、教科书、旧杂志、漫画或碟片。12 月初，天气已很冷，店内都有取暖用的电炉，看着有点危险。苦于不识韩文，只好尽力搜寻汉字、日文、英文与图片，勉强识读。似未见有多少学术书或人文类书籍，最常见是各种普及版的《东医宝鉴》，还有朱子学一类的通俗书。有一家专门经营《圣经》，但也都是普通版。努力以翻译软件与店主交流，彼此都如身处默片，惜不能如昔时一般以汉文笔谈。有一家店内堆了不少古典文学大系、新近出版的植物图谱，似与我兴趣较为接近，遂以翻译软件多打扰了一会儿店主。对方非常

光化门教保文库内景

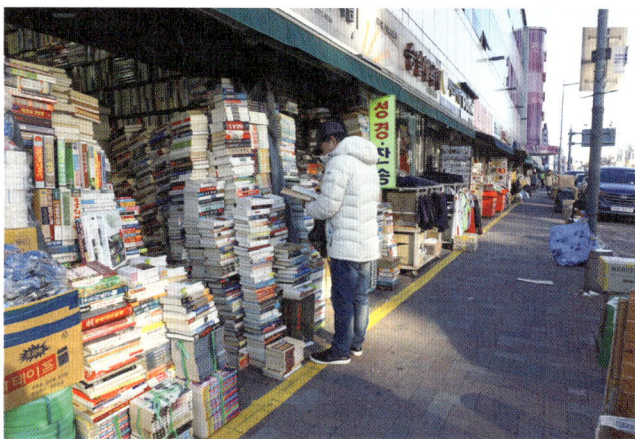

和善，戴上眼镜，仔细看我手机的翻译，又在手机上输入韩文，交给翻译软件。

问：您的店何时开张？答：1962 年。

问：您是否经营网店？答：是。

问：经营状况如何？（笑着连连摇头）

问：这一带还有多少家旧书店？答：越来越少，大约还有十来家。

问：我在寻找一些与朝鲜铜活字相关的研究书，不知能否为我推荐？对方追问：金属活字研究书？（点头）对方连连摆手：这方面的没有。

比起仁寺洞旧书街，清溪川一带的旧书街兴起较晚。据此行新认识的梨花大学毕业的权妍姬姊姊回忆，在她读大学的 1990 年代，清溪川一带的旧书店还很兴旺，有许多教科书及流行书籍。仁寺洞更是有一些专营古籍的书店，她常常去逛。但这些年网购日益发达，对清溪川的旧书店打击很大，很多旧书店都不再维持店面，而是仅经营网店。亲眼见此衰落景象，难免唏嘘，不好意思再打扰店主，遂躬身告辞。

四

转眼到了离别前夕，距离去机场尚有十来分钟空暇，果断打车到通文馆。幸而此日赶上营业时间，进门就见到两边书架堆满的朝鲜本，书页间夹着注明书题与价格的签条，一如日本古书店所见风

1
—
2

1. 通文馆内景，架上多学术著作，收拾得非常整齐，暖炉上坐着水壶，气氛温馨 2. 通文馆的书架样式、书籍摆放方式与日本传统旧书店无异景。粗略看过，有朝鲜时代木刻本、木活字本，近代以来的排印本。内容以朝鲜时代学者诗文集、禅集、家谱、通俗书等为最多。书架最深处的柜台内，正中坐着夫人，侧面坐着她的丈夫。柜台背后书架也堆满书籍，有各种朝鲜国史、制度史、文学史、宗教史、艺术史、书志学的书籍，还有一些日本出版的韩国研究书籍。一眼看到前间恭作所编《古鲜册府》原本，是1944年的油印本，也曾在日本旧书店见过，索价甚昂。因而我有的是东洋文库1986年的复制本。柜台对面墙上挂着匾额，书云"通玄达妙，炳蔚文囿"，落款"丁未孟秋为主通文馆新筑落成，剑如柳熙纲"，为韩国书法家柳熙纲（1911—1976）于1967年所书。店门口的匾额"通文馆"也由这位剑如先生所书，时间亦为"丁未孟秋"。柳氏曾在1937年后到北京学习，1946年回到韩国，书学黄庭坚、刘墉，在韩国颇有名气。

我大包小包，一脸欣悦，显然是游客，柜台内的夫人含笑朝我点头致意。正待我取出手机试图继续拜托翻译软件时，夫人判断我来自日本，突然用非常标准的日文与我打招呼。一时大喜，默片时代终于结束，变得有声有光。夫人说青年时代想去日本留学，所以学了日语。但后来结婚，就放弃了留学计划。又说非常喜欢京都，结婚旅行去了岚山，也喜欢河原町三条的菊雄书店。我说最早留意到的韩国旧书店是今西龙《藏书手记》里提到的华山书林。夫人一听，立刻点头道，那是父亲的熟人，过去店铺离这里不远，不过已经是几十年前的事了。又以韩文对旁边的丈夫解释，主人也连连点头。

通文馆初代主人李谦鲁（号山气）1909年10月10日出生于平安南道南浦市龙岗郡，父亲早逝，1925年曾想去东京谋生，但刚好是关东大地震发生之后，对韩国人入境管理极严，因此未能从釜山搭上去下关的航船。于是只好来到汉城找工作，多方辗转，被朋友介绍到坚志洞的选文堂书店工作。1934 年李谦鲁收购了日本人所开的书店金文堂分店，改名金港堂，1945 年又改为"通文馆"。他是韩国古书业界的传奇人物，收集了大量古本、珍本，其中包括若干国宝。也编辑、出版了大量书籍，曾著有《通文馆册房秘话》（民学会，1987 年），很想寻一册来读，想必很有意思。2000 年，他在通文馆二楼开设了办公室兼展厅"裳岩山房"，2006 年去世。二代主人李东虎（号雨村），1939 年 3 月 10 日生，弟弟李东乡是中国文学研究者。1971 年，东虎向韩国国立中央图书馆捐赠包括《湖南三纲录》在内的一千七百零七册图书。东虎曾在仁寺洞开过另一家旧书店，名新文馆，但 1997 年东虎去世，新文馆也随之落幕。此外，谦鲁的亲戚也曾在这附近经营旧书，名永昌书店。东虎的兄弟在仁寺洞开了一间古美术店，名古香阁，可知李氏一族与仁寺洞的密切关联。三代主人也就是我见到的这位柜台边坐着的李锺韵（号重石）先生。重石先生似不会讲日文，一直微笑，神态温默。

还有许多想与夫人细聊，无奈刻漏催人，不好错过飞机。差不多是购买土特产的心情，匆忙在手边书堆挑了三五册《诗传大全》零本，刊记"庚辰新刊　内阁藏板"（纯祖二十年，1820），二十卷十册，四周单栏，有界，匡郭内 23.6×17.8cm，半叶十行，行十八字，注双行，上花鱼尾，版心记"诗传大全某某（卷数）"，下记叶数。书中有不少笔记，韩文自然不认得。某一册卷末写了两行诗："莫谓明年学日多，无情岁月若流波。"是劝学文一类的集子里的句

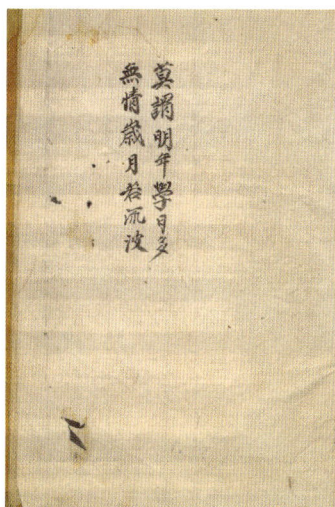

"莫谓明年学日多，无情岁月若流波"，
朝鲜读书人的常见喟叹

子，朝鲜时代很流行，全诗是"莫谓当年学日多，无情岁月若流波。青春不习诗书礼，霜落头边恨奈何"，可以说是读书人基本都有的、口水话一般的叹息了。

夫人留了名片与私人信箱，说我可以写信，店里的书也可以网购。重石先生从旁为我将书一册一册包好。之后他们拿了日文地图，教我如何最快搭乘去金浦机场的五号线。一路狂奔而去，虽然遗憾还有几家传说中的旧书店未及一一寻访，但心里依然很愉快。后来也顺利赶上飞机，看到了首尔迷人的夜景，与海天上高悬的冰轮。

五

回到京都，痛感对韩国旧书店全无了解，继续补课。十年前冲田信悦曾出版过一册《殖民地时代的古本屋们——桦太、朝鲜、台湾、满洲、中华民国，空白的庶民史》（寿郎社，2007 年），根据《日本古书通信》、《全国主要都市古本店分布集成》、《东京都古书籍上野协同组合机关志》等资料考察、还原当年韩国旧书店的分布情况。冲田也是旧书店主人，因此利用的资料都是从业者比较容易获得的同行名册、会志，很是难得，的确填补了这方面研究的空白，有开拓之功，所列店名及当时地图也方便按图索骥。但较少利用同时期访书学人留下的记录，难免遗憾。

河东镐的《韩国古书籍商变迁略考》一篇细节更为丰富，遂请李同学口译，我记录大略。似不曾有人翻译，故不揣冒昧，简单介绍如下。

文章由高丽时期汉籍输入谈起，讲到朝鲜后期两班衰落，贩卖家中藏书，逐渐有了专门卖书的中介。19 世纪后期，贷本屋流行，很多商家主业是经营纸张，副业才是借书、卖书。到 19 世纪末 20 世纪初，朝鲜高宗离宫附近的观水洞一带聚集了一些清国商人，形成了商业街，也会引进一些北京、上海发行的新书。日俄战争之后，忠武路出现了两家日本书店：日韩书房与大阪屋。渐渐也出现了韩国人经营的书店，譬如高济弘的"高济弘书肆"，也就是汇东书馆的前身，主营教科书、西洋普及读物与汉籍。此外还有翰南书林（白斗镛）、大昌书馆（玄丙周、玄公廉）、新旧书林（池松旭）、新明书林（金在羲）、广益书馆（高敬相）等等，约三十家。在法国东方学者莫里斯·古恒（Maurice Courant）的回忆中，旧书店主要集中在钟阁至南大门一带，贷本屋主人不少是败落的两班子弟，虽然这门生意盈利微薄，但好歹还保留了一点读书人的气息。但贷本屋目录上的书籍大多不全，因为很多人借去了就不再归还（莫里斯·古恒《朝鲜文化史序说》）。

日本吞并朝鲜后，不少日本书商入驻京城，忠武路一带有日韩书房、大阪屋、丸善第一书房，大半经营教科书、启蒙书、实用书，专营汉籍的古书店越来越少，值得一提的有翰南书林与汇东书馆。汇东书馆初代主人高弘济去世后，其子高裕相继承书店，出版与销售并重，兼营文具，出版了李海朝翻译的《华盛顿传》，是韩国近代首屈一指的畅销书。还出版了大量古代小说、古代传奇、医学书、技术书，当中最广为人知的是池锡永的《字典释要》，初版五千册，再版二十余次，印数高达十万册。日本殖民后期，对出版界管制、审查十分苛刻，汇东书馆也因此走向衰败，大约在1950年代中期停止营业。

日本战败投降后，很多急忙撤离的日本学者来不及带走藏书，古书街一时书籍充盈，战争年代萧条的古书街又呈复苏气象。但好景不长，1950年朝鲜战争爆发后，书籍再度流散，只有南方釜山国际市场、大邱有几处旧书店。大量书籍被搬到造纸厂，化为纸浆。待到1953年战争结束，左倾书籍全部遭到封禁，但旧书店又有复苏之态，据说一时街中尽是推着小板车出来卖书的商贩。然而时移世易，殖民时代的历史负面遗产被全面否定，老一辈学者相继凋零，加上战后及70年代以来的废止汉字政策，都对古书业界造成很大冲击。除了少数研究者之外，能读懂汉文并消费古籍的群体几乎不复存在。

书中还说，日本殖民时期，京城最有名的藏书家是藤塚邻（1879—1948）、崔南善（六堂，1890—1957）、今西龙（1875—1932）。前文已讲过今西藏书的去向，另外两位情况如何？1926年至1940年间，藤塚也在京城帝大工作，担任支那哲学讲座教授。2006年，其子藤塚明直将藏书大部分寄赠韩国果川文化院，哈佛燕京图书馆等机构亦有其部分藏书。1950年朝鲜战争爆发，崔南善长女被杀，长子死去，三子失踪，其藏书也遭遇战火，化为灰烬。南逃途中，崔南善仍不忘搜书。战争结束后，次子崔汉雄为宽慰父亲，多方筹资，到汉城各处搜集图书。数年后，六堂去世，部分新聚的藏书又再次流入市场。然而朝鲜战争之后的汉城古书店存续艰难，因为市场上书籍枯竭、读书人数锐减、经济状况糟糕。李同学译完此篇，也叹惋良多："你看，当年已经如此。"

另外，还找到一篇关于李谦鲁的访谈，是2000年时任韩国岭南大学美术史教授的俞弘濬（后转任明知大学，又曾担任文化财厅长）采写，于了解通文馆历史大有帮助。看访谈上通文馆的内景，与我前日所见没有太大差别。有一段很令人动容：

　　一天我去裳岩山房拜访，老人用眼睛向我打过招呼后，翻阅着折叠的书页，不经意地说，经我照料过的古籍，它们现在正在照顾我老年的人生呵。

此行真正见到的古书店虽然只有通文馆一家，却引起我无限的兴趣。我所窥见的知识与风景，必然只是极小的一隅，也会有不少误解。但与书籍、书店、研究对象的邂逅，很值得珍惜，因为它们还会将我引至更纵深的所在。一向感慨，我们对于邻国的态度，出发点总在"寻找相同"，即从我国的历史文化出发，寻找邻国与之相同或相近的部分。对日本如此，对韩国更是如此。很想在"寻找相同"的过程中更多地"发现不同"，也是我再访韩国的动力。

2017 年 12 月 22 日

附记：

感谢韩国延世大学丁晨楠女史惠赐河东镐《近代书志考类丛》一书扫描件，并感谢同门李翰洁先生不厌其烦介绍、翻译本文所用

釜山宝水洞书店街

的韩文资料，激发我学习韩国历史与文化的兴趣。2018 年 12 月初，再访首尔，却见通文馆大门紧闭，听附近旅游中心的工作人员介绍，店铺已关门。终究不太相信。当日依然行程匆促，来不及仔细查问，去了仁寺洞一条小街的古董店，购得朝鲜本零册若干。2018 年 12 月 31 日，至釜山宝水洞书店街消磨半日，满目琳琅，收获丰富。这便是发端于朝鲜战争时期的旧书店群，据说近年成为热门旅游地。因为釜山房租便宜，也有首尔的旧书店搬到这里，继续经营。因为有宝水洞，釜山也成为我念念不忘的地方。

秋之古本祭，我的第十年

　　10 月是关西的好时节，各大博物馆、美术馆突然过节似的推出各种特展，正仓院、大和文化馆、泉屋博古馆、大阪市立美术馆、天理大学图书馆……一个也不舍得错过。还有学校对面知恩寺的秋之古本祭，一连五日，是京都古书界的狂欢节。差不多每年都要说，下次书市肯定不买了，还有好多书没看完，家里放不下了，上次地震书砸下来好恐怖……一百个金盆洗手的理由。但不算数，一到日子，完全不需要思考，赶集似的，一早就去了。

　　今年是第四十二届知恩寺秋之古本祭，是我参加的第十次。10 月 31 日，也就是头一天一早九点多，知恩寺正殿开始了古本供养的法会。在僧人的引导下，古书店主人、知恩寺幼儿园的小朋友、书友们端坐佛前，齐声念诵南无阿弥陀佛，共同转动巨大的念珠，为古书祈祷，愿它们早早有合适的归宿，也启发小朋友们的爱书、读书之心。法会结束后，书市隆重开场，前些天已布置好的各家书摊一同掀开覆在书架、书堆上的巨大塑料布，早已逡巡其间的书客们一拥而上，各自奔赴心有所属的店家，是令人心动的壮观场面。

　　书市最怕下雨，虽然正是秋高气爽的时节，但过去十年间，也有偏偏这几日突然下起瓢泼大雨的时候，令大家很狼狈。店主们也不敢轻易拿出品相稍好的书，毕竟每日落市后还有很多书留在场内，只是照例覆一层塑料布而已。因此听旧书店主人们私下说，一年三次古本祭，只有春季出品的店家最多，拿出来的好书和稀见资料也最多，因为春季古书市在平安神宫附近的劝业馆内举行，室内环境良好。夏秋两场在室外，不舍得让珍善本到露天来。万幸这两天都是极晴的好天气，来的人格外多。进得寺门，甬道两侧依次排开各家书店，每家每年所在的位置略有不同。关心中国学研究的，首先就是奔往菊雄书店（きくお書店），前些年他们收了川合康三老师的旧藏，定价极低，吸引了许多人。今年一看，川合旧藏大略已售罄，不复前些年的盛景。

紫阳书院是京都为数不多的依然专注中国文史书籍的私人旧书店（朋友书店是规模更大的出版社兼有限公司，与大学关系密切，普通旧书店难以相比），但这几年渐呈颓势，转了一圈，未有所得。主人镰仓先生向我感叹线装书越来越贵，自己无力购买，架上目益寂寞，这也是没有办法的事。不过最近数年，京都古书界也屡有新秀崛起，最值得一提的便是あがたの森書房。主人百濑周平先生是俊秀温文的青年，长野县人，曾在图书馆工作，对唐本、朝鲜本、和刻本、佛教写本、版画等均有研究。我们住得非常近，他从前在农学部北边开过一家书店，后来不再经营店面，主要依靠经营网店、编写书目来稳定客源。

编写书目非常考验书店主人的专业水平，寄送目录、通过目录买书也是非常传统的购书方式，早年琉璃厂的来薰阁、松筠阁、文奎堂、富晋书社等书肆无不编写书目（可参考窦水勇编《北京琉璃

2018 年第四十二届知恩寺秋之古本祭（摄影：丁小猫）

1
—
2

1. 每年 5 月京都的春之古本祭，在劝业馆室内举行，所到旧书店最多　2. 2018 年春之古本祭的线装书区域，附近可以遇到不少熟悉的老师和朋友厂旧书店古书价格目录》，线装书局，2004 年；韦力编《中国近代古籍出版发行史料丛刊补编》，线装书局，2006 年）。东京文求堂主人田中庆太郎也曾通过编写书目蜚声中日两国古书业界(参考《海外中华古籍书志书目丛刊》之《文求堂书目》，国家图书馆出版社，2015 年)，其中 1930 年编写的精装本《文求堂善本书目》更是琳琅满目，郁郁纷纷，是研究近代中日书籍交流史的重要资料。

百濑先生平日潜心搜书，考察版本源流。积累至一百种时，就开始编写书目，精选出最心仪的数十种，彩印书影，详解书志，载于卷首。且每期目录都会大致确定主题，比如某期以旧钞本为主，某期以版画为主。因为住得太近，所以收到目录后立刻选定几种，电话预约后，往往直接上门去取。见面后他都会把近日自己得意的收藏搬出来给我看，近来他恰好收了一批琉璃厂书肆的书目，我很诧异他搜罗之全，问他为何对此感兴趣。他说自己关于中国旧书的知识其实不多，但直觉认为这些目录很有价值。并略带羞涩又不无自豪地说："其实我这个人，对旧书的'感觉'还是很好的。"

有一回春季书市，在他那里买到内山端庵著、流芳亭藏版《岁华一枝》，为幕末书家大桥迁乔旧藏，价格极低。回家后考得始末，忍不住给百濑写了一封信，讲述这点小考据的快乐。他很快回信，兴奋的同时也玩笑道："我功课做得不到位，若早知你考据出来的故事，我的书还能卖得更贵些。"与古书店主人能这样坦诚交往，他也慷慨为我提供学习资料——那些我无力消费却很想看一看的书，真令我感念。

我家的近邻——竹冈书店，也专营学术书，不过门类宽泛，广

あがたの森書房　古書目録

第五号　平成三十一年新春

あがたの森書房所出目録最新号

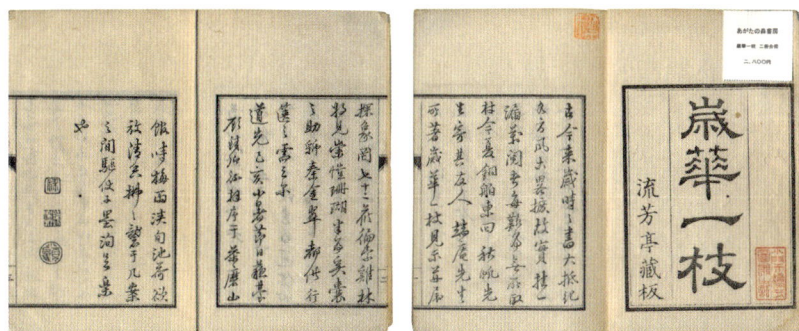

1.内山端庵著《岁华一枝》 2.《岁华一枝》序文，是顾禄少见的书迹。书叶上留着あが
たの森書房的价签，因为是普通本，所以书店处置颇为随意

涉文科、理工科、医科，是大学附近很传统的书店风格。2018年春天，店里重新装修，将原先挤满书架、仅容一人侧身而过的空间改成了开阔明亮的店铺，并特意安排了门前的玻璃展示柜，摆出一些很好看的旧杂志、版画，风格一新。就像三、四条常见的旧书店一样，哪怕是不懂日文的外国游客，也很容易被这些美丽的装帧、颜色吸引。又请店员新设计了店标，是一排错落的浅绿竹枝，很漂亮。近来百万遍一带有好几家旧书店都重新装修，譬如吉冈书店在隔壁开辟了上下二层小楼，装修一新，橱窗内陈列着色彩鲜艳的书籍。不仅如此，在市中心一些商场里，也开辟出几格旧书架，醒目处多为漂亮的画报、图录，边上书架内也有比较"严肃"（硬い）的学术书。虽然很多人说逛商场的人不会买旧书，也很少有人去杂货店、咖啡馆里买书，摆在那里的书仿佛成了装饰品。但如果有人本无意买书，却被漂亮的插图吸引，顺便又买走几本研究书，不也是很好的缘分

地处静谧街区的竹冈书店

吗。不能因为傲慢地预设别人"不读书"，就不去努力创造书籍被邂逅、阅读的环境。

虽与竹冈书店做了多年的邻居，但因他家专业太分散的缘故，并未在这家有过豪掷千金的买书经历。没想到今年竹冈家架上突然出现大批品质极佳的中国史、朝鲜史、内亚史研究专著，搜罗极全，必是哪位研究者的旧藏。一问，果然，年轻的店主说最近新收了两位老先生的书。至于是谁的，行规自然不得透露。但仔细一看，至少可以判断，其中一位是永田英正先生。永田先生是京大东洋史专业出身，是研究居延汉简的著名学者，也曾编过《汉代石刻集成》。老先生已年过八旬，晚年主动散出藏书，也是嘉惠后学的盛事，势必像当年菊雄家收得川合旧藏一样，引起新的狂欢。

我在这狂欢的浪潮里，默默挑了几种，眼看同行的史睿老师买下大批好书，非常欣悦，心中连连喝彩。亲见刚散出的藏书这样快就被爱书人觅得，有了很好的归宿，每每念及这种传递与流动，总是很感慨。前辈老先生们将书留给市场，旧书店主人为它们找到新去处，滋养我们的生命，感召我们的灵魂。时间的推移并不意味着我们能够自然习得前辈们的学识与学风，必须付出绝大的努力，才有可能接近他们的世界。而理解他们并不值得自满，如果只是祖述，没有思考、总结、创新，便也不能成为学问。虽然人人都在叹息日本旧书行业江河日下，但仍可以在京都见到这样多的好书，这也是学问依然兴旺的证据。由衷感恩旧书之神依然眷顾古都。

2018 年 11 月 1 日

后　记

　　本书所收，是 2014 年至 2018 年间读书之余的点滴所得，蒙刘铮先生鼓励，不少曾刊于《南方都市报》的"京都读书记"专栏。其余散见于《东方早报》、澎湃"私家历史"栏目、公众号"一览扶桑"等处。此番就原稿加以增删，一些错误的观点以补注形式更正。虽名"读书记"，却是乱翻书、翻闲书，不符学院内读书尚专精的训诫，只是经过时间的流沙而残存的思索痕迹，是自己如何走到今天的证明。

　　2014 年，转入文学研究科的第二年，正处于急切渴求"读书"的时期，对学问尚有许多幻想与憧憬。这段时期关注的话题很琐碎，对博物学有强烈的兴趣，像 17 世纪以来欧洲许多平凡的植物画师一样，可以对着任何一种植物耐心描摹。那年秋天，北大历史系的周雯来到我所在的研究室访学。我们一起上课，一起逛书市与旧书店，也一起探索美食，乐不思蜀，相见恨晚。她慷慨分享我许多关于买书和读书的知识，给我巨大的启发与鼓舞。我开始确信自由读书的意义，幻想与憧憬渐渐平静，一些虚伪的纱幕也勇于揭除了。

　　2016 年，升入博士班第二年的某个晚上，人文研究所现代中国研究中心的武上真理子老师与我闲聊，说自己喜欢逛旧书店，买了不少旧书。我很开心，借着那晚的梅酒，向她透露了我的趣味。

谈到我喜欢散步黑谷墓地，她拍手道："我也爱访墓！"此前她常年从事孙文的思想研究，当时已着手研究近代中国的地质学发展。听说地理学家小川琢治的墓地就在金戒光明寺内，很雀跃，当即打印了《黑谷访墓》一篇，说何时想去看看。她常说自己的学问还很幼稚，总以最大的热情劝慰我在学习中的迟疑与困惑，并为我提供各种资料。2017年春，她在人文研任满离开。不久，听说她急病倒下，一直想去探望。却在那年秋天，接到了她的凶信。我常想起她作为女性学者的坚韧与可爱，是永远的激励，也是她长存的光焰，能照亮崎岖的前路。

日常出入旧书店，自然对书籍史、印刷史、出版史有了更深切的兴趣，并关心书籍出版背后反映的政治环境、社会风气及文化现象。近两年的几篇大多与这些话题有关。非常感谢辛德勇先生慷慨赐序，惶恐欣幸之至。亦感谢梶浦晋、史睿、马楠、王天然、艾俊川、赵鹏、严晓星、宋希於等师友在我学习过程中具体耐心的指点。

感谢中华书局与编辑先生接纳这本小书。感谢父母和从周给我的爱与安慰，并感谢我的猫们。已离开我们的玄米，依然陪伴着的白小姐、金泽，谢谢你们教给我人类所缺乏的清醒与温柔。

最后，我想强调的是，既然自觉爱书，便应有关照现实的觉悟与勇气。且抛弃不必要的盲从，不要因专业、出身而犹疑，对无常的人世少一些恐惧，拥抱独立思考的尊严，在属于自己的读书之路上走下去。

2019 年 2 月 21 日于北白川畔